死神邸日和

久頭一良
KUTO Ichira

文芸社文庫NEO

目次

死神邸日和

第一章　死神のおばあさん

わたしがこの町に引っ越してくるずっと前から、そのおばあさんは死神と呼ばれていた。

この五月から住むことになった、わたしの新しい我が家。その団地から少し離れたところにある一軒家で、死神は一人暮らしをしていた。

正確には、一人と一匹。死神が姿を現す時、決まって大型犬を連れているのだ。死神は犬と一緒にスーパーに買い物に来るのだけれど、近所の子どもたちはその犬に、畏怖（いふ）と哀れみの目を向ける。

死神が飼っている犬だという畏怖と、弱々しく、やつれた体を引きずっていることに対する哀れみだ。なんでも、その犬は死神に……毒を盛られているそうだ。

これは近所の子たちの間では有名な噂話なのだけれど、わたしがその噂話を信じているかどうかというと、今のところは半信半疑だ。半分は、そんなことあるはずがないという、一部の冷静な大人たちと同じ見解。そしてもう半分は、この世には一般人の常識をはるかに上回るようなことが存在するという、事実に基づく予想。

動物虐待の話ならニュースで聞いたことがあるし、それがわたしの近所で起きていたとしても、まあ驚きはするけど、可能性はゼロじゃない。

そんなわけで、わたしの新天地での生活は、不穏なご近所さんの噂話からスタートした。

＊

わたしの名前は篠崎楓（しのざきかえで）。今年の四月に高校二年に進級した十六歳。その一月後という中途半端な時期に、母親の実家近くの団地に引っ越してきた。

今まで住んでいた土地を離れ、この新天地へと移り住むことになったわけだけれど、その移動距離は町の一つ二つ程度のものではなく、地方をまたぐ大移動。したがって、わたしは今まで通っていた高校とおさらばし、新たな公立高校を学び舎とすることとなったのだ。

毎年一人から二人ほどが、かの有名な日本一偏差値の高い大学に進学する、地元ではそれなりに名の通った進学校。そこでわたしは勉学を続けることになった。

新しい家でのお母さんとの二人暮らしと、新たな学び舎での学校生活。それらはとてもじゃないけれど、華々しいものでもなければ、絵に描いた青春のようにキラキラしたものでもなかった。

相談もなしに引っ越しを決めたお母さんに、わたしは腹を立てていた。

小学校高学年の頃、わたしの両親は離婚した。もともと仲が良いとは言い難い両親だったけれど、いざ離婚すると言われた時はそれなりにショックだった。お母さんは仕事をしていたから生活に困ることはなかったけれど、それ以来わたしたちの関係はぎくしゃくしている。

今回の引っ越しは、お母さんが以前から出していた地元の支店への転勤願が、この春ようやく受理されたことによるものだった。そんな希望を出していたことすら、わたしは聞かされていなかったけれど。お母さんはいつもそうだ。子どもであるわたしのことを気にかけることなく、物事を勝手に決めていく。

こちらに引っ越してから、もともと忙しかった仕事はさらに多忙を極め、母娘のコミュニケーションは今や皆無に等しい。

仲の良かった友達との理不尽な別れを経て、わたしは何と言うか……人に対して投げやりな気持ちになってしまった。高校から入部した陸上部も、志半ばに去ることになってしまった。大して速いわけでもなかったけれど、それなりに頑張っていたのに。

ゴールデンウィークがあけたばかりの五月の上旬。クラス替えの後の新鮮な空気はまだ残っていたようで、転校生に好奇の目を向けてくれる子もいない。誰もが自らの人間関係の構築に懸命だった。そんな中に自ら飛び込んでいく勇気も度胸もなければ社交性もない自暴自棄なわたしは、早々に孤立していったのだった。

孤独な新生活を送るにあたり、わたしは二つのやるべきことを決めた。

一つ目は勉強。まあ、これは学生の本分でもあるので、改めて自らに課すことでもないのだけれど。

勉強はわたしの心を救ってくれるし、様々な事柄に対する言い訳にもなる。

部活動に入らなかったのは、勉強が忙しいから。休み時間に誰とも喋らないのは、勉強が忙しいから。わたしがずっと一人なのは、勉強が忙しいから……。

勉強さえしていれば、大人は誰もわたしに文句を言わないし、自分に対する釈明にもなる。わたしにとっての勉強とは、万能な免罪符でもあるのだった。

もう一つの決め事は、家に帰ったらランニングをすること。新しい学校でまた陸上部に入り、一から人間関係を築く気にはとてもなれなかった。けれど、勉強ばかりでは健全とは言い難い。運動不足解消のためにも、軽く体を動かすのも悪くないだろうと思ったのだった。

引っ越してきたばかりの土地を探索気分で走りまわるのも、いい気分転換にはなった。

午後四時頃。学校から帰宅すると、ジャージに着替えてから団地を飛び出した。

近所の公園では子どもたちが高い声を上げながら遊んでいる。首筋に浮く汗を感じながら、アスファルトを蹴った。

団地から数分走ったところに、とある建物があった。

グレーの壁の、二階建ての一軒家。よく見ると建物としてはそう古くはなさそうだが、そのくすんだ色味のせいか、真っ白い壁で統一された周りの家々に溶け込んでいない。

そして明らかに異質なのが、その壁の半分ほどが葉と蔦で緑色に染まっていることだった。まるでその家だけ時が止まってしまったかのような、異世界に迷い込んだかのような、独特の雰囲気がある。

庭には草木が鬱蒼と茂っていて、客人を拒むかのように枝を伸ばしている。

「あーこわっ！」

小学生の子どもたちが、その家の前を通り過ぎる時だけ早足になる。まるでその家の住人を、忌み嫌うかのように。

ここが、いわゆる死神の住む家である。子どもたちが頻繁に指を差してきゃあきゃあ言っているので、つい覚えてしまった。表札には桐原と書かれており、死神にも名字があるのだなと、妙なところで感心してしまう。

いつもその死神と一緒にいる大型犬が見当たらない。おそらく室内犬なのだろう。

庭を覗き込むと花壇があり、色とりどりの花が植えられていた。あれはなんという花だったかな。思い出そうにも、なかなか思い出せない。

と、その花壇の右の隅、菜の花がたくさん植えられている一角に、一輪だけ目の覚めるような濃いブルーがある。青いバラだった。生まれて初めて見た。これって、すごく珍しいのでは？　花の知識には自信のないわたしだったけれど、確か品種改良かなにかで……。

にしても、片隅に一輪だけ青いバラを咲かせていても、なんというか、全体の調和がとれているようには思えない。この家の主は、独特の美的センスを持っているらしかった。

まあ、死神と呼ばれているくらいだから、普通の人と同じような価値観ではちょっとガッカリだし……ね。わたしは一人胸中だけで、うんうん、と首を縦に振った。

突然、その家の扉が開かれた。中からおばあさんが出てきて、屋外にある蛇口へと足を向ける。近所で死神と呼ばれている、その人だった。

遠目には五十前後かと思ったけれど、よく見ると……七十代くらいだろうか。

黒と白が交ざり合ったグレーの頭髪を、後ろできれいに束ねている。年齢の割には姿勢が良く、背筋がピンと伸びている。リネン生地の黒いシャツを着て、柄物の細身のパンツをスラッと穿きこなしている。若作りした感じもなく、かといって年寄りっぽくもない。

死神というと鷲(わし)っ鼻(ぱな)なイメージがあるけれど（それは魔女だっけ？）、そのおばあさんも鼻が高いという点においては共通していた。ただ、鷲っ鼻というよりかは単純に鼻が高いといった感じで、全体的に日本人離れした、彫りの深い顔立ちだ。若い頃はそれなり以上に美人だったのだろう。

目付きは鋭く、その眼光が子どもたちの想像に拍車をかけていると言ってもいい。おばあさんというには妙に迫力があるせいで、死神と呼ばれても違和感がないような人物像だと言えた。

犬のエサに毒を盛る、不気味な死神……。視線がこちらに向いた瞬間、咄嗟にわたしは首を横に向けて、死神を視界から外した。何事もなかったかのように走り出したわたしは、一抹の悔しさを覚えた。

わたしがびびっている？　そんな、まさか。

鼻で笑いながら、胸中にもやもやとしたものが残った。

＊

土曜日の昼。今日のご飯当番はわたしだったので、冷蔵庫にあったうどんの麺を使って、焼うどんを作った。居間でぼんやりとテレビを観ていたお母さんを呼び、二人だけの昼食が始まる。

「最近、学校はどう？」

突然のお母さんの声に、わたしはぴくりと手を止めた。どういった返事が最適なのかが咄嗟にわからず、思わず黙り込む。

わたしの沈黙をどう受け取ったのか、お母さんは一人苦笑いすると、それ以上何も聞いてこなかった。

今更母親らしいことを聞く自分のことが、滑稽に思えたのかもしれない。散々娘を蔑ろにしてきた自分が、どのツラ下げて母親役をこなそうとするのか、と。

わたしはお母さんのことが嫌いになったわけではない。今となってはわたしの唯一の人間関係と言っていいお母さんのことを、嫌いになれるわけがなかった。

「まあ、普通だよ」

何がどう普通なのか、自分でも説明がつかない。

わたしのそのおかしな返答で、この虚しい会話は締めくくられたのだった。


昼食の焼うどんを平らげた後、腹ごなしの散歩に出かけることにした。ジャージに着替え、ランニングシューズを履き、外に出た。

腹ごなしというのは、まあ所謂ただの理由付けで、本当は家にいたくなかったのだ。お母さんのことは嫌いではないけれど、長時間同じ空間にいると居心地が悪くなる。

わたしはいつもネガティブな理由で自らを向上させていく。嫌なことを忘れるために、わたしの活動は活発になっていくのだ。

自分で言うのもなんだけど、わたしはいつもちぐはぐで、捻(ひね)くれている。

通学路はいつも通っているので、今日は逆の方向へ行こうと思った。舗装された歩道を駅方面へと歩いていく。

休日ということで、公園もずいぶんと賑やかだ。子どもたちが元気な声を上げて遊びまわり、離れたところで親たちが世間話に興じていた。

あまり長く見ていたい光景とは思えず、わたしは視線を前に向け、無心で歩き続けた。

住宅街を抜け、わたしはこの町に越してきてからお世話になっている近所のスーパーへと向かった。財布も持っておらず、買い物の予定もなかったけれど、学校と反対方向へ向かっていると必然的にここに辿り着いてしまう。スーパーの前にある自動販売機を目にし、小銭くらい持ってくればよかったと軽く後悔する。

と、その自動販売機の少し離れたところ、街灯にくくりつけられたリードの先に、大型犬が行儀よく地面に座っていた。

ベージュの毛色、ラブラドールレトリーバーだ。この犬は確か……。

「……死神が飼っている犬」

わたしは犬のそばへ近寄り、その目をじっと見下ろした。かなり人慣れしているようで、全く物怖じしない。それどころか、尻尾をぴくりと動かし口を大きく広げるその仕草は、友好的な態度にすら見えた。

が、全体的な見た感じとしては、少し元気がないようにも思えた。よくテレビで観るような、きびきびと動きまわる俊敏な犬という印象はあまり見受けられない。

まあそれも、わたしの先入観によるものかもしれない。死神によってエサに毒を盛られている犬なのだから、弱っていて当然だ、と。

「本当にあなたは、毒を食べさせられているの？」

わたしは小声で、その犬に問うた。目の前の大型犬は軽く首を傾けた。まるでわたしの質問の意味がわからないと言いたげな、そんな素振りだった。かわいい。わたしは素直に、そう思った。

ふと顔を上げると、周囲のいくつかの視線がわたしに向けられていることに気付く。まるで咎められているような、もの言いたげなその視線の数々に、わたしは少しの羞恥心を覚えた。

死神の犬にかまう、おかしな子？　それとも、事情を知らない子？　今のわたしは、ご近所さんたちにどう思われているのだろう。

羞恥心の後にわたしをおそったのは、辟易だった。こういった視線を、わたしは今まで何度か向けられたことがある。

片親の可哀想な子だとか、何を考えているのかわからない子だとか、今までわたしはろくな印象を人に与えたことがない。そういった視線に、わたしはずっと辟易してきた。

うんざりだ。放っておいてほしい。わたしは可哀想な存在ではないし、不幸な人間でもない。ただ一人でいることが好きなだけの、ほんの少し捻くれているだけの女だ。

スーパーの出入り口が開き、おばあさんが出てきた。買い物袋を手に持つそのおばあさんは、一直線にこちらへ向かってくる。正確には、わたしのそばにいるこの犬に向かって……。

死神だった。死神がこっちにやってくる。わたしの全身に緊張が走った。それは周囲の人たちも同じようだった。スーパーの駐輪場にいる誰もが固唾を飲んで、わたしたちの動向を見守っていた。

死神は無表情のまま、犬のリードを街灯から外した。わたしの存在なんて、まるで見えていないかのように。

その死神のなんでもないような動きに、わたしはなぜか反感を覚えた。

心臓がどくどくと鼓動を早め、口の中がからからに乾く。そのまま黙っておけばいいではないか、というわたしの中の冷静な意見は退けられ……。

「……あのっ」

結局、負けず嫌いで、捻くれたわたしが勝ってしまった。周囲の人たちにも聞かせるように、わたしは気持ち大きめに、声を張り上げる。

「どうしておばあさんは、死神って呼ばれているんですか？」

周囲の張り詰めた空気とは反対に、死神の表情には、少しだけ歓喜の感情が浮かび上がっていた。

＊

今日のお昼に焼うどんを食べていた時には想像もできなかったことだけれど、わたしは今、信じられないことに死神と一緒に歩いている。

右手に買い物袋、左手には犬の繋がったリードを持ち、おばあさんは足取り軽く自宅までの道のりを進んでいる。そしてその一人と一匹のあとを追うように、わたしは不思議な気持ちになりながら歩いていた。

死神のおばあさんは、百六十三センチのわたしと同じくらいの身長だった。背筋が伸びているので、その立ち姿は弱々しい印象が一切なく、むしろ横を歩く犬の体調の方が少し心配になるくらいだ。

わたしもこの犬と同じように、死神から生気を吸い取られてしまうのだろうか。恐怖とは違う妙な緊張感を抱きながら、わたしは馬鹿正直に死神のあとをついていく。

面と向かって自らのことを死神呼ばわりしたことが、なぜか嬉しかったらしい。おばあさんはわたしのことを気に入った様子で、暇だから自宅に招待すると言い出したのだった。

わたしの胸の内に警戒心が芽生えなかったわけではないけれど、それ以上に、怖気付いたと思われたくないというわたしの負けん気が発動し、二つ返事で死神のお誘いを承諾したのだった。

まあ、いざとなれば力づくでも脱出してやる。わずかに奥歯を食いしばりながら、わたしは、ふん、と短く鼻息を漏らした。

目的地に到着。葉と蔦の絡まった、明らかに周りとは違う雰囲気を纏(まと)った異様な家。門をくぐると、外からも見えた花壇が目に入った。近くで見ると、ラベンダーやマリーゴールド、スズランなど、色とりどりの花が植えられている。あの花はシャクヤクといっただろうか。そして、一際目を引く花壇の隅の青いバラ。

庭には大きなハナミズキの木があり、白い花が咲き誇っている。他にも、名前がわからない木がたくさん。死神も庭の手入れをするのだろうか。

おばあさんと犬は、慣れた足取りで玄関前の階段を昇った。

「青いバラ、珍しいですね」

一輪だけ違う鮮やかな色で咲くバラを見やり、わたしはおばあさんに言った。死神とはいえ一応年上なので、言葉遣いだけは丁寧に話す。

「それ、造花だけどね」

あっけらかんと、おばあさんは言った。偽物かよ、とわたしは胸中だけでツッコんだ。

「一輪だけそうして他の本物の花と一緒に植えておくんだ。なかなか良いセンスだろ？」

「……」

やはりこれほど年が離れていれば、ジェネレーションギャップどころではない価値観の相違を感じずにはいられない。

「なんだい。そうなんですね、だとか返事くらい寄越しなよ」

「同意できないから、せめて無言でいたんですけど」

わたしの愛想のかけらもない返事を聞くと、おばあさんはけらけらと笑った。

「やっぱりあんた、面白いねぇ」

その言葉は、わたしをからかっているようにも、認めているようにも聞こえた。

おばあさんが玄関扉を解錠して、家の中に入る。すぐに靴を脱ぐと、そそくさと家の奥に消えていった。

どうしていいかわからず、わたしは玄関で立ち尽くす。わたしの右斜め前には、犬が玄関から上がらずに、行儀よくおすわりしている。

そのままで少し待っていると、家の中からおばあさんがタオルを片手に現れる。

「ほら」

嬉しそうに尻尾をぴょこぴょこさせながら、犬は右の前足を上げた。その足をとり、おばあさんはタオルで丁寧に足の裏を拭き始める。

四つの足を拭き終えると、犬は玄関を上がった。よくしつけられている。おばあさんとその犬の、長年の生活を垣間見たような気がした。

「あんたもお入り」

おばあさんの一言で我に返ったわたしは、靴を脱いだ。まるでわたしまで犬になったような感覚に陥り、妙な気持ちになった。

玄関を抜けた扉を開けると、テーブルと椅子が目に入った。ファミリー向けのダイニングテーブルに、椅子は四脚。そのうち一脚は、往年の大女優が座りそうな、籐（とう）で編まれた背もたれの大きな椅子。そして奥には小さなテレビとソファ。

きれいに片付けられており、死神の住処（すみか）とは到底思えないような、普通の家だった。家族四人ほどで暮らせるくらいの十分な広さもある。

ふと横を見ると、天井まで届きそうな本棚が目に入った。壁一面に本がぎっしり詰まっている。圧巻の光景。誰がこんなに本を読むのだろう。まさか死神が？

「ここでこの子と暮らしているんですか？　他に家族は……」

わたしが犬の方を向くと、犬もこちらを向く。自分のことを言われたことに気付いているようだった。

「甥と一緒に暮らしてるよ。といっても、実際は形だけの二人暮らしさ。大体はツバサとあたしだけ」

目を細め、ふん、とおばあさんは鼻で笑った。

「あたしはいつ死ぬかわからないからね。甥は安否確認のために毎晩この家に帰ってくるんだ。寝床として、この家を使ってる。そういう契約なのさ」

あっけらかんと、おばあさんは言った。甥とはいっても、どうやら家族の情といったものは無いようだ。

「あんた、手は洗ったかい？　外はばい菌で溢れてるからね。洗面所で洗ってきな」

死神のくせに、ばい菌を恐れるのか。わたしは眉をひそめながらも、言いつけ通りに手を洗った。

わたしは今日会ったばかりの他人の家で、ぼんやりと椅子に座っていた。わたしのすぐ横には、大型犬が行儀よく座っている。手を伸ばして顎をさすってやると、犬は気持ち良さそうに目を細めた。

初めて入った見知らぬ人の家だというのに、わたしの心はさざなみひとつ立たず、静かだった。ここ最近の環境の変化に伴う心労ばかりの日々からは、想像もできないほどに。

おかしな話だ。初対面の、しかも近所の人たちから死神と忌み嫌われているおばあさんの家で、わたしの心は安寧を得ているのだ。

「ほら」

死神が台所からトレイを持ってやってくる。その上にはポットとカップ、皿に盛られたクッキーがあった。ゴマがのったクッキーと、緑色のは抹茶のクッキーだろうか。美味しそうだ。

「久々の客だからね。遠慮せず食べな」

おばあさんはそう言って、わたしの向かい側に置かれた籐の椅子にゆったりと腰を下ろし、紅茶をカップに注いだ。芳醇な香りが部屋いっぱいに漂い、わたしの心をさらにほぐしていく。

「いただきます……」

言った瞬間、わたしの手が凍りついたように止まった。その動作があまりにも不自然だったから、おばあさんから不審な目を向けられる。

しまった。わたしの首筋にわずかな汗が滲む。初対面の人間に対して、あまりにも警戒心が無さすぎる。わたしとしたことが……まして相手は、死神と呼ばれている人。

「これに毒が入っているんじゃないかって、あんた、今そう思ってるだろ？」

ニヤリと笑い、おばあさんはわたしの図星を突いた。わたしの表情は動かない。ポーカーフェイスを装っているのではなく、ただ単に、動揺から顔の筋肉が動かなくなっていたのだった。

「こんなに美味しそうなのに、食べないのかい？」

その言葉には、感情が込められていなかった。おばあさんの心境が全く読めず、わたしの背筋が凍る。

「いいさ別に。あんたが食べなけりゃ、あたしが食べるからねぇ」

おばあさんは紅茶を一口啜ると、ゴマのクッキーを一枚手に取り、口に放り込んだ。小気味のよい音を立ててクッキーを咀嚼する。

わたしの考えすぎだろうか。いや、こうして毒のない一部のクッキーを自ら食べてみせることで、わたしの警戒心を解こうとしているだけかもしれない。

わたしが相変わらず固まったままでいると、おばあさんは一つ大きなため息をついた。落胆のため息？　それが何に対する落胆かはわからないけれど。

「まったく、近頃の子は自分でものを考えようともしない。腑抜(ふぬ)けた子ばかりだよ」

どういう意味だろうか。その言葉に対する疑念と、馬鹿にされた屈辱が、一度にわたしの胸に去来する。こめかみがピクリと動くのを自覚して、わたしはおばあさんを睨(にら)んだ。

「おーおー、一丁前に睨んじゃって。大人にでもなったつもりかい？」

子ども扱いして。わたしはヤケになっていた。クッキーを一度に三枚鷲掴(わしづか)みにすると、口の中に放り込んだ。そのままボリボリと音を立てて咀嚼する。ゴマの風味が広がる。和菓子のような上品な味わいだ。

少々の毒がなんだ。それに、わたしが死んだところでなにも変わらない。誰も悲しんでくれない。こんなところで屈辱を味わうくらいなら、いっそ死神に殺された方がマシだ。

わたしは盛大に死神を睨んでやった。殺せるものなら殺してみろ。ふん、と鼻息を漏らし、動物のように威嚇(いかく)した。

「やっぱりあんた、面白いね。ねぇ？　ツバサ」

同意を得るように、おばあさんはツバサと呼んだ犬の方を向いた。ツバサは首を傾けて、おばあさんに応える。

それから三日ほど、わたしはおばあさんに出されたクッキーを食べてしまったことを後悔していた。

別に実害が出たわけではない。毒で体の調子が悪くなったり、命の危険を感じたというわけではない。ただ、死の恐怖に、わたしはビクついてしまったのだった。あれだけ啖呵（たんか）を切ってクッキーを食べたというのに、我ながら情けないものだ。

まあ、幸いわたしの体は異常をきたすことはなく、今もわたしは無事に生きている。その毒が少量のもので、積み重なることで効果を発揮するものなら話は別だが。近所の噂話によると、死神に飼われた犬は徐々に衰弱していくらしいから。

*

わたしが死神の家にお邪魔してから一週間が経った。学校を終えて帰宅し、ジャージに着替えたわたしは、近所のスーパーまで行くことにした。

わたしの目的は死神に会うこと。会ってなにをするのか、どんなことを話すのかは考えていなかったけれど、とにかく、死神に会わずにはいられなかった。

自分にも理解できない衝動に駆られながら、わたしは玄関でランニングシューズを履いた。

一週間前にツバサを見つけた時と同じ時間に、わたしはスーパーに到着した。駐輪場の隅の方を見ると……いた。街灯にリードで繋がれ、行儀よく座るラブラドールレトリーバー。

わたしが見つけたのとほぼ同時にツバサもこちらの方を見やり、目が合った。ツバサがぴょこぴょこと尻尾を振り口を開けた。その顔は人間が笑顔を作るのと全く同じように見えて、わたしの心は思わず躍った。

「ツバサ」

駆け寄り、わたしはツバサの顎を優しく撫でた。ぺたりと地面にくっつけていた後ろ足を浮かし、ツバサが応える。

一週間前に一度しか会っていないのに、わたしのことを覚えていてくれたようだ。この地に越してきてから一番の幸せを感じたわたしは、ちょっと目頭が熱くなってしまう。

「おや」

声が聞こえた瞬間、わたしはぐっと体に力を込める。そうだった、ここに来た目的をうっかりしていた。歯を食いしばりながら顔を上げると……目的の人物が、買い物袋を手に下げ立っていた。

死神のおばあさん。桐原という苗字しか知らないその人を、わたしは真っ直ぐに見据えた。

「こんにちは」

相手が死神だろうが、ツバサにならってわたしも行儀よくしよう。わたしが挨拶の言葉を口にすると、おばあさんは目を細め、にやりと笑った。

まるでそれが当たり前のことのように、わたしとおばあさん、そしてツバサは、おばあさんの家までの道のりを一緒に歩いた。最後尾はわたし。ツバサが歩くたびにふりふりと振られる尻尾を見ながら、あとをついていく。

「あの」

わたしはおばあさんに声を掛けたけれど、返答はなかった。怖気付いてはいけない。わたしはかまわず続けた。

「おばあさんがツバサのエサに毒を入れてるって聞きました。本当ですか？」

瞬間、おばあさんの足が止まった。それに合わせるように、ツバサも歩みを止める。どうしたの？　と、問うように、ツバサはおばあさんを見上げた。

「だったらどうなんだい？」

振り返ったおばあさんは、無表情だった。まるでこちらを試すように、質問に質問で返してきた。腹に力を込めて、わたしは口を開く。

「……やめて、ほしいです」

わたしの返答をおばあさんがどう感じたのかは、その表情からは読み取れなかった。

おばあさんはまた、歩き始めた。


死神の家に到着。わたしたち二人と一匹は何事もなかったかのように、家の中に入った。あんなことを聞いておいて死神にホイホイついていくわたしもどうかしているけれど、あんなことを聞かれておいてわたしを自宅に招き入れるおばあさんもどうかしている。

今この瞬間に気付いたことだけれど、わたしとおばあさんは、似た者同士なのかもしれない。思い至ったらなんだかおかしくなって、わたしは、ふっ、と、ニヒルに笑った。

この前と同じ手順。ツバサの足裏をおばあさんが拭いて、わたしはツバサと一緒に玄関を上がった。洗面台で手を洗って、わたしはダイニングの椅子に座る。

わたしの横にはやはりツバサが座っていて、ツバサ、と声を掛けると、ツバサはぴょこんと尻尾を跳ねさせて、わたしに応えてくれた。

おばあさんが紅茶とどら焼きがのせられたトレイを持ってくる。この間のクッキーといい、紅茶に和菓子を合わせるのが好きなのだろうか。偏屈というか何というか、全く風変わりなおばあさんだ。

「わたしの分、無いんですか？」

トレイには、カップが一つしかなかった。

「あんたはどうせ飲まないだろう？」

わたしを馬鹿にするように、おばあさんは言った。

「飲ませてくださいよ。わたし、紅茶も甘いものも好きなんです」

「毒が入っているのに、かい？」

わたしはおばあさんから目を離さず、無言を貫く。そこからわたしの体感時間で一分間、嫌な静寂が続いた。観念したようにおばあさんは立ち上がり、カップをわたしのために持ってきてくれた。

謎の優越感を覚えたわたしは、ふん、と口角を上げた。


「ちょいと失礼」

おばあさんはそう言って、カップを置くと踵を返した。そのまま居間を出て、玄関に続く廊下に出る。扉の磨りガラスの向こう側、わたしはおばあさんが左に曲がるのを確認した。その先にはトイレしかない。用を足しに席を立ったのだろう。

好機。わたしは迷うことなく席を立ち、台所へと足を向けた。

「証拠を見つけてやる」

わたしは息巻きながら台所に足を踏み入れた。エサに毒を入れるのなら、きっと毒の保管場所は台所だろうと踏んだのだ。

台所用品の入った引き出しや観音開きの物入れを物色した。もしおばあさんが本物の死神なら、どこかにツバサに食べさせるための毒があるはずだった。

もちろん、本物の毒なんて見たことがないから、それっぽい容器に入っているものを見つけるしかない。でも、もしそんなものがあったとして、簡単に見つけられる保証もない。

それでも、わたしは行動せずにはいられなかった。この子を……ツバサを助けるために。今まで感じたこともない正義感に戸惑いながらも、わたしは物色を続けた。

食器棚を漁っている時だった。台所の隅、わたしの腰の上くらいの位置。棚の上に置いてあるものに、わたしの注意が引きつけられる。写真立てだった。それも四つ。

綺麗に配置されている。

黄金色の毛の、大型犬の写真。おそらくツバサだろう。それぞれ微妙にポーズが違う。

「……」

撮られた場所は、全て同じだった。おそらく、この家の居間。

似たような写真が、どうして四枚も同じ場所に飾ってあるのだろう。

しばらく探したが、毒らしいものは見つからなかった。そろそろおばあさんがトイレから帰ってくる。わたしは諦めて、引き出しや扉を閉め、元あった通りに戻していく。

わたしのその様子を、ツバサはじっと見つめていた。その視線は、わたしを非難しているようにも見えた。若干の後ろめたさを感じながらも、わたしは急いで元いた椅子に戻った。


トイレから戻ったおばあさんの手には、文庫本があった。綺麗な刺繍のブックカバーが被せられ、そこそこの厚みがある。かなりの長編のようだ。

おばあさんはわたしの向かいにある大きな椅子に座ると、紅茶を啜りながら本を読み始めた。

「なんの本ですか？」

死神がどんな本を読むのか、純粋に興味があった。

「ミステリだよ。好きなんだ」

本から視線を外さずにどら焼きを一口かじると、おばあさんは答えた。

「……怖いやつですか？」

質問の仕方がやけに抽象的で、幼稚になってしまった。少しの羞恥心を感じながらも、わたしはおばあさんの返答を待つ。

「そうだね。人が死ぬから、怖いかもね」

殺人事件が起きて、容疑者が数人いて、探偵が助手と協力して犯人を特定する。ミステリというと、そんなイメージだ。

なるほど。わたしは納得した。それなら死神が読みそうな本だ、と。

「おばあさんは、人を殺したことがありますか？」

わたしはそんなことを口にしていた。考えて言ったことではなかった。

流石(さすが)のおばあさんも目を見張り、驚いた様子。

「そんなことを人に聞くもんじゃないよ」

激昂(げきこう)し、もしかしたら本当に殺されるかもしれないと思ったけれど、おばあさんの声は穏やかだった。それどころか、無礼な若者の行動を咎めるような優しさすら感じられた。

「ないよ。でも……」

おばあさんはわたしの目を見据える。

「犬の命なら、いくつか」

その言葉とは裏腹に、おばあさんは驚くほどに優しい目をしていた。

「この手で、いくつかの命を吸ってきたよ」

血管が浮き出て、ところどころシミのある手をわたしに見せ、おばあさんはそう言った。その手でツバサを撫でてやると、ツバサはわたしの時よりもさらに強く、尻尾を左右に振った。

*

死神の家から無事生還を果たしたわたしは、家に帰り夕飯の支度をした。

お母さんはいつも夜の七時くらいに帰ってくる。わたしたちは食事当番を交替でこなしながら、この団地で生活している。

米を研(と)いでご飯を炊き、出し汁のストックを使って豚汁を作った。あとは野菜と肉を炒めて、調味料で和(あ)えるだけで作れる回鍋肉(ホイコーロー)。お母さんが帰ってきたタイミングで盛りつけて、食卓に並べる。二人だけの、楽しいとは決して言えない食事が始まる。

「木島さんから聞いたけど、楓、よその家にお邪魔してるって……ほんとなの？」

回鍋肉が半分ほどなくなったタイミングで、お母さんが聞いてきた。

よその家。お母さんは口にはしなかったけれど、その家が誰の家かは見当がついているのだろう。

嘘をつく必要もないので、わたしは黙ったまま、こくりと頷いた。

「やめなさい。近所の人たちにどう思われるか、あんたもわかるでしょ？」

　その言葉には、一人娘の心配をするような響きはなかった。ただ、周囲の目を気にしているだけの、社会に溶け込むことこそが最も重要とでも言いたげな、大人の言葉。

　わたしはその親からの指示に、頷かなかった。頷いてしまえば、嘘をついてしまうことになるからだ。

　親の言うことに背こうとも、嘘をつきたくはない。それがわたしの、最低限のお母さんに対する誠意だった。


　それからわたしは、放課後にほぼ毎日、死神の家に通った。わたしを突き動かしているのは、人に説明しても理解されないような、複雑な心境だった。

　まず、わたしのような部外者が死神の家に出入りすることによって、おばあさんがツバサに悪さをすることの抑止力になるのではと考えたのだ。そうすることでツバサを助けられると、わたしは本気で思っていた。

　おばあさんが席を立ったタイミングで、家の中の物色を続けた。証拠となる決定的な毒を見つけるためだ。

　わたしが毒物を探していることは、どうやらおばあさんも気付いているようだったけれど、それでもかまわなかった。部外者に悪事が見つかるかもしれないという考えを持ってくれれば、それこそが抑止力になるからだ。

家の中を見てまわる最中、ツバサは決まってわたしを非難するように見てくる。ツバサを助けるためにしていることのはずなのに、わたしはその時だけ、罪悪感に苛まれるのだった。

おばあさんから出される紅茶を飲み、お茶請けも毎回残さず食べた。流石の死神も、人を殺すようなことはしないだろうと思ったからだ。楽観的すぎるかもしれなかったけれど、少量の毒くらいどうということはない。謎の自信によって、わたしの不安はどこかへ行ってしまっていた。

数日経つと、わたしの中に信じられないような心境が生まれ始めた。この死神になら殺されてもいい、という危険な思想。

学校でも、自らの家にすら居場所を見つけられないわたしにとっては、死神の家が唯一の心安らぐ場所となっていた。

近所から死神と恐れられるおばあさんとエサに毒を盛られた可哀想で可愛い犬に会うこと、そして毒が入っているかもしれない茶菓子を食べることこそが、わたしの欠かすことのない日課となっていた。

わたしが死んでも誰も悲しむことはない。それなら、ツバサの横でぽっくりと死んでしまえば、ツバサくらいは悲しんでくれるだろう。その悲観的な展望が、わたしの唯一の心の支えとなっていた。

わたしが死神の家に通うようになってから、半月が経った。わたしはおばあさんから、おばあさんに関する色々なことを聞いた。

旦那さんとは既に死別していること。一人娘がいること。その娘さんは遠くで暮らしていること。その娘さんとわたしが、性格がそっくりであること。娘さんのことを語るおばあさんは、その時だけ他者を追い払うようなオーラが薄れ、一人の人間らしい、少し柔らかな表情になった。

わたしは次第に、家の中を物色することをしなくなっていた。ただ単純に、茶菓子を食べ、ツバサに会うことを楽しみに……ついでに、おばあさんに会うために、死神の家へと足を運んだ。

テスト前にさしかかると、わたしは教科書やノートを死神の家に持ち込んだ。おばあさんが出してくれるお菓子で脳に糖分を補給しながら試験勉強に励む。

疲れがたまると紅茶を啜り、茶菓子を食べ、ツバサを撫でてやる。それだけで無限に勉強ができる気になれるのだから、ここは格好の勉強場所といっても過言ではない。

こちらがなにかを話しかけなければ、おばあさんは黙々と本を読み進めるだけで、わたしのことなんて意に介さなかった。思い出したようにツバサを撫でると、また本の世界へと戻っていく。

ただ場所を借り、茶菓子の催促をする小娘のことを、おばあさんがどう思っているのかは定かではなかったけれど、少なくともわたしは、この場所を愛おしいとすら思っていた。

死神の家と呼ばれているこの家に、わたしは安らぎを得ている。その事実は、わたしをどうしようもなく戸惑わせた。

「ああー、どうしてこんなことしなきゃなんないんだろう」

試験勉強も佳境にさしかかった頃。わたしは思わず声を上げた。他人の家に上がりこんでおいて、こんなネガティブ発言をするのも身の程知らずと言えるけれど、この家の主、おばあさんは本から顔すら上げなかった。

代わりにツバサがわたしの方を向いてくれた。わたしは両手でツバサの顔を包むと、ごしごしと、顔がくちゃくちゃになるまで擦ってやった。

ツバサはいつも元気が少し足りないけれど、いつもわたしに元気を与えてくれる。

おばあさんが出してくれたつやつやと光るみたらし団子をかじりながら、わたしは尋ねた。

「ねぇ、どうしてツバサって名前をつけたんですか?」

わたしの質問に、流石のおばあさんもこちらを向いた。

「さあ、どうしてだろうねぇ。あたしは知らない」

「えっ」

おばあさんが名前をつけたわけではないのか。なら、どこかで拾ってきて、首輪にツバサという名前があった、とか。

「そういえば、ツバサって、オスとメス、どっちなんですか？」

「どっちだったかねぇ……あ、そうそう、オスだ、オス」

「……」

どこかから拾ってきた……もしくは、盗んできた？　まさか……。死神の異名を今更思い出し、わたしの胸の内は暗くなった。

もうこれは誤魔化しきれない事実だけれど、わたしはこのおばあさんが死神と呼ばれていることに失望しているし、そして、懐疑的にすらなっていた。

「勉強っていうのはね」

わたしの質問には答えずに、おばあさんはそう言った。

「誰にとっても平等につまらなくて、無価値なものじゃないと意味がないんだよ」

どうして勉強をしなければならないのか。わたしのそのグチに対する答えらしい。話の続きが気になったので、黙ったまま先を促した。

「勉強っていうのはね、その子がどこまで努力ができる子なのかを測るための競技なんだよ。勉強が楽しかったら、そりゃみんな夢中になって頑張るだろうさ」

「そうかな？　楽しい方がいいに決まってるじゃないですか。それでみんなが頑張れるなら」

わたしは今まで人一倍勉強をしてきたけれど、勉強を楽しいと思ったことは一度もない。わずかな達成感なら感じたことはあるけれど。

「誰にとってもつまらないことならたくさんあるけど、誰にとっても楽しいことなんてこの世に一つもありはしないのさ。それに、楽しいことを頑張るなんて、ひどい矛盾だと思わないかい？」

「……」

「恵まれた体格に生まれた子は、スポーツが楽しいかもしれない。頭がいい子は、囲碁や将棋が楽しいかもしれない。でもそうでなかった子は？　自分の苦手な競技で自分の将来を決められたら、たまったもんじゃないだろう？」

「でも、勉強は……」

「勉強には、なんの才能もいらないのさ。勉強は頭の良さを争う競技じゃない。その子がどれだけ努力したかを争う競技なのさ。だから誰にとってもつまらなくて、無価値なのさ」

なんだかめちゃくちゃな暴論のようにも聞こえるけれど、そこには確かに、一つの答えがあるような気がした。

子どもはなぜ勉強をしなければならないのか。今までずっと、子どもが大人に対して繰り返し質問してきた答え……正しいかどうかはわからないけれど、おばあさんはなんの迷いもなく、そう答えてくれた。

それは不誠実な大人よりもずっと、自分という人間に向き合ってくれたという安心感があった。

「あたしの夫はね、それはもう勉強ができる人だった。特別な才能に恵まれた人ではなかったけれど、ずっと懸命に働いて、わたしと娘を支えてくれた」

おばあさんは昔を懐かしむように、遠い目をした。その目を覗き込むように、ツバサが首を傾ける。

「でも、あんたは特別な才能を持っていたね」

おばあさんはそう言って、ツバサの顎をさすった。ツバサはおばあさんに寄り添うように、大きな籐の椅子にぴったりとくっつく。

勉強をする意味、か。それは大人に、自分がどれだけ努力ができるかを証明するための競技。それが正しいかどうかはさておき、意味を見出すことができれば、それなりのモチベーションを保つことができるというものだ。

わたしは紅茶のお代わりをおばあさんに頼むと、一口サイズのざらめせんべいを一枚口に放り込み、シャーペンを握った。

近所で死神と恐れられるそのおばあさんは、わたしにとっての、人生の先生と呼べる存在になりつつあった。


勉強が長引いてしまって、いつもより帰る時間が少し遅れてしまった。もうそろそろおいとましなくては。わたしはおばあさんに一声かけて、帰り支度を始めた。と、おばあさんが椅子から立ち上がった。それと同時にツバサも、お座りの状態からお尻を持ち上げる。阿吽（あうん）の呼吸と言うべきか、その息のぴったり合った行動に、わたしは思わず釘付けになっていた。

おばあさんは器にドッグフードを入れると、勝手口の手前あたりの角、食器棚の下にその器を置いた。

その器の前に、ツバサがお座りをする。いきなり食事にがっつくようなことはしなかった。

「よし」

おばあさんのその一言で、ツバサはゆっくりと、エサに口をつけた。よくしつけられている。一人と一匹の日常の動作は、とても慎ましく、利発的な印象を受けた。

少しずつエサを食べるツバサ。量は決して多くなく、それだけでお腹いっぱいになるのだろうかと、わたしは心配になる。

もうわたしが疑うようなことはなかったけれど……おばあさんが器の中に、毒のようなものを入れた仕草は全くなかった。

＊

わたしが新しい高校に通い始めてから、一ヶ月が経とうとしていた。校舎の地理や決まりごとなんかもある程度把握し、新しい生活にも慣れた。これからは些細なことで戸惑うこともないだろうし、その点においては安心して学校生活を送ることができそうだ。

ただ、わたしがクラスの人間関係に馴染めたかというと、全くそんなことはなかった。挨拶を交わす子は一人もおらず、前の学校でも友達の少なかったわたしは、その時よりもさらに寂しい青春を送らなければならないらしかった。

話し相手がいない日常はつまらないと思うことはあったけれど、別に無理して友達を作るつもりもなかった。自分を歪めて誰かにくっつくくらいなら、一人の方がマシだ。

いつも集団を作って行動する女子たちは、わたしのことを気味悪がっているようで、男子にいたってはわたしを怖がっているようにも見えた。

かまってほしいなんて思っていないけれど、薄気味悪い存在だとも思ってほしくない。ただの空気のような存在でいたいのに、どうして周囲の子たちはわたしを異質な存在のように見てくるのだろう。

一人でいることは、そんなにも珍しいことなのだろうか。しかもその周囲の色眼鏡の度は、日に日にキツくなっているようにも思える。

一人でいる子はわたしだけじゃないだろうに、どうしてわたしだけが……。自意識過剰と言われればそれまでだが、これぼっかりは単なる被害妄想ではないように思う。

朝の授業を終え、二限目は体育だった。今日の女子の種目はバレーボール。学校の敷地内の北東のはずれ、体育館に集合した後、ストレッチから授業が始まる。

二人一組になって、前屈をする者、その背中をゆっくり押す者とでコンビになるのだが、友達がいないわたしは必然的に余りものになる。というわけで、わたしはいつも、わたしと同じように余りものになった子と組むことになる。

その子は朝田(あさだ)さんといって、いつもおどおどしていて、なにをするにしても鈍臭(どんくさ)い子だった。本人曰く、二年生に進級する際の理系文系の選択で、仲の良い子とクラスが離れてしまったらしい。それ以降、不器用な朝田さんは友達を上手く作れていないとのことだった。

悪い子ではないのだろうけど、いつも少々無理をして話しかけてくる朝田さんに、わたしは遠慮気味になってしまう。それでも、普段誰かと話す機会に恵まれないわたしにとっては、いいリハビリ相手となっていた。

「ねえ、朝田さん」

わたしの方から話しかけることなんて滅多にないことだったから、朝田さんは目を見開き、嬉しそうにこちらを向いた。もしも朝田さんに尻尾がついていたら、ツバサ以上にその尻尾を激しく振りまわしていたことだろう。

「えっ、なに？」

「最近、みんなのわたしを見る目がキツくなってきてるような気がするんだけど、気のせいかな？」

「……」

朝田さんは、その人畜無害そうな顔を大きく歪ませた。

やっぱり、何かあるんだな。こういう時は、不器用な朝田さんの性根に感謝したくなる。詮索する余計な手間が省けるからだ。

「何か知ってるんだね。教えてくれない？」

ここで強く押せば、朝田さんは萎縮して口を開かないかもしれない。わたしはできるだけゆっくりと、優しく聞いてみた。

「あんまりアテにならないから、聞いても意味ない……と思うよ」

意味がないかどうかはこっちが判断するから早く教えて、という本音はとりあえず言わずにおいて、あくまで穏やかに、追い討ちをかける。

「どんなことでもいいから教えてほしい。わたしは大丈夫だし、朝田さんから聞いたことは誰にも言わないから。ね？」

朝田さんは手をもじもじと動かし、動揺を露わにする。こんなにもわかりやすく、絵に描いたようにたじろぐ子を、わたしは生まれて初めて見た。

「篠崎さんが、変な人の家に出入りしてる……って」

「……」

わたしが死神の家に出入りしているという噂は、学校でも広まっていたのか。まあ、噂ではなく真実なのだけれど。

「変な人って、どう変なの？」

「さあ、そこまでは……」

そんなに曖昧な噂話なら、これから妙な尾ひれがくっついてもおかしくないな。わたしが盛大にため息をつくと、朝田さんが慌てたように顔を歪ませる。

面倒なことになったという、うんざりとさせられる感情。それとは別の、なにかもやもやとした霧が、わたしの心を覆った。その霧は、わたし自身を少なからず戸惑わせる。

それは、怒りだった。そしてそれは、この噂を流したクラスメイトに対するものではなく、もっと根本的な、この噂を作り上げた、今となっては誰かもわからない人に対する苛立ちだった。

一体どうして、わたしの住む団地の近所の人たちは、あのおばあさんを死神と呼ぶようになったのか。わたしが腹を立てたのは、そのことに関してだった。

その日の放課後、わたしはいつものように死神の家にお邪魔した。

おばあさんは紅茶を出してくれ、それをいただきながらわたしはスマホをいじっていた。今日のお茶請けは甘納豆。これが渋みのあるアッサムティーに意外と合う。

おばあさんとお喋りに興じるとか、学生らしく勉強に励むとか、そういったことをせず、ただ暇を潰すようにこの場にいたとしても、おばあさんはわたしに何も言わなかった。

あくまでわたし自身の自分勝手すぎる解釈ではあったけれど、それはまるで、わたしがこの場にいてもいいと許されているような、そんな居心地の良さがあった。

わたしはおばあさんと二人きり（正確には二人と一匹）でいても気まずくなったことはない。その事実は、血の繋がりなんて、人にとってはあまり重要ではないのだなと、わたしに新しい見識を与えてくれた。

お母さんといる家よりも、わたしはこの死神の家にいる方が、心が休まる。

本来の家に対して改めて失望したというべきか、それとも安寧の場を見つけたことを喜ぶべきか。

「ねえ、おばあさんはずっとこの家にいて、寂しくなったことはないんですか？」

その心のもやもやを吹っ切るように、わたしはおばあさんに聞いた。甥と二人暮らしだと聞いていたけれど、わたしはおばあさんの甥を見たことがない。それに、その甥はおばあさんの安否確認に帰ってくるだけだと、おばあさんは言っていた。

「そりゃ寂しいさ」

わたしはその返答に驚いた。おばあさんのことだから、寂しくなんかあるもんかとか、ツバサがいるから寂しくないとか、そういったことを言うと思っていたから。

「寂しくて当たり前なんだよ。あたしは夫と死別してから、この家で静かに死んでいくって決めたんだ」

そんなことを言うおばあさんの目は、今まで見たことのないような暗い目をしていた。

わたしは大きな違和感を覚えた。自分の死期を予感する死神？　そんな死神が存在するのだろうか。死神が本当に存在すれば、の話だけれど。

おばあさんはあくまで一人の人間だ。それなのに、周囲の人たちは恐れをなして、おばあさんのことを死神なんて呼ぶけれど……そんなのは、理解できないものに対して理由をこじつけて、自分たちのテリトリーから隔離させるように仕向けているだけだ。

わたしはもっとおばあさんのことが知りたい。知って、それから、もっと……。

「どうしておばあさんは、死神って呼ばれてるんですか？」

わたしはその目を真っ直ぐに見据えて、おばあさんに問うた。少し前、スーパーの駐車場で聞いた質問と、同じ質問だった。

不敵に笑ってテキトーに済ませるつもりだったのだろう。おばあさんはニヤリと笑ってみせたけれど、わたしの表情を見て、すぐにいつもの仏頂面に戻った。

わたしの目をじっと見つめ、素っ気なく言い放つ。

「自分で考えな」

おばあさんは文庫本に目を落とすと、それからもう、何も言わなくなった。

そしてこれこそが、わたしがこの町に越してきてから、初めて遭遇した謎となったのだった。

次の日。学校を終えたわたしは帰路についていた。今日はなんとなく、死神の家に行く気にはなれなかった。ツバサはちょっと寂しがってくれるだろうけど、おばあさんはわたしが訪問しようがしまいが、どちらでもかまわないと思っているだろう。

わたしがおばあさんとツバサに会う気になれなかったのは、昨日のおばあさんとの会話のせいだった。

「自分で考えな」

おばあさんが死神と呼ばれるようになった本当の理由が存在する。そしてそれこそが、おばあさんの正体を解き明かす鍵になる。あの言葉には、そんな意味が含まれているように思えた。その答えがわかるまでは、あの家にお邪魔するのは控えよう。わたしはそう考えていたのだった。

そんなことをぐるぐると考えながら、わたしは公園前を歩いていた。この公園を過ぎたところに、わたしの住む団地がある。

公園では、ランドセルをベンチに置いた男の子三人が、元気な声をあげながらサッカーボールをとりあっていた。そのまた別の三人、女の子のグループはブランコのところでお喋りに花を咲かせている。

公園の出入り口付近では、赤ちゃんを抱っこしたお母さん二人が立ち話をしている。

ごくありふれた、夕方の長閑(のどか)な住宅街の風景だった。

と、突然サッカーボールが、こちらに転がってくる。それを追って、慌てた様子で男の子たちが駆け寄る。

わたしはサッカーボールを拾いあげ、男の子たちの方へ放り投げてあげた。その子たちは軽く頭をぺこりと下げ、踵を返す。

「ねえ」

わたしは咄嗟に、男の子たちを呼び止めていた。

「ちょっと聞きたいことがあるんだけど、いいかな？」

不審そうな目をわたしに向けながらも、その子たちはどうやら、ボール遊びを一旦やめてくれるようだった。一人の子がボールを手に持ったまま、こくりと頷いてくれた。

公園のブランコの先の方角を指差して、わたしは男の子たちに言った。

「あの辺りに、死神のおばあさんの家があるでしょう？」

そのわたしの言葉で、子どもたちの不審な目はさらに色濃くなる。ブランコでお喋りをしていた女の子たちのグループも、何事かとこちらに目を向けている。

わたしはできるだけ優しい口調で、それでいて女の子たちにも聞こえるように、はっきりとした声で聞いた。

「あのおばあさん、どうして死神って呼ばれてるのかな？　何かそういう……きっかけとか、あったのかな？」

わたしはこの地においては新参者だ。それなら、この地に前から住んでいる人に聞いてみれば、何かがわかるかもしれない、そう考えたのだった。

さすがに大人に聞くのは気が引けたので、とりあえず年下の子に聞いてみることにしたのだが……それで何もわからなければ……まあ、その時はその時だ。

わたしの死神という言葉に、子どもたちは萎縮している様子だった。おばあさんの存在は、この子たちの間でも、あまり触れたくない話題なのかもしれない。どうやら収穫は期待できそうにないな。

「俺、知ってるよ」

わたしからボールを受け取った男の子が突然、そう言った。その表情は、少し強がっているように見えた。

その子の視線が、ブランコに座る女子の方に一瞬だけ移った。得意げな表情に変わり、男の子は首に青筋を立ててこう続けた。

「トモくんが言ってたんだ。トモくんが前に、死神と喋ったことあるって」

その子はおそらく、女の子グループに対してアピールをしているつもりなのだろう。死神を怖がっていない、度胸のある自分を、女の子たちに見せつけたいのだ。

男子ってこういうところあるよね。まあでも、今はその男の子の見栄っ張りなところがわたしにとってはありがたかった。おばあさんの情報を聞き出すことができるのだから。

「トモくん？」

「俺たちより一こ上の友達。トモくんが前に、何も知らずに犬を連れた死神に話しかけたんだ。犬の名前はアスカって言ってた、って」

「アスカ……」

今飼っている、ツバサとは別の名前。わたしは嫌な予感がした。

「で、また別の日に、トモくんは死神を見つけたんだ。アスカの名前呼んで、犬を撫でてやって。そしたら死神が、その子はアスカじゃないよ、って言ったんだ。ナントカだ、って」

おばあさん曰く、その犬はアスカとは違う別の犬だった。もしかしたらその犬は、ツバサなのかもしれない。

「トモくんが聞いたんだ。アスカはどうしたの？　って。そしたら死神は……」

男の子はにたりと笑った。面白がっているようにも、強がっているようにも見えた。

「アスカはもう死んだ、って」

女の子三人が、高く短い悲鳴を上げた。確かに怪談話としてはなかなかの怖さがある。それが自分たちの生活圏で起きたこととなれば、その恐怖はさらに膨れ上がるだろう。

「それから、トモくんの知り合いのシュンくんっていう年上の人も、そんなことが前にあったらしくて、おんなじようなこと言われたらしいよ。その時もまた違う名前の犬だったらしい」

しん、と、場が静まりかえる。

「いっつも大人しそうな弱ってる犬を連れてるから、近寄って撫でてやるんだ。そしたらその犬がけっこうすぐに死んで、また別の犬を死神が連れてくるんだって」

犬の寿命は、もちろん人間と比べれば短いのだろうけど、小動物のように数年で死ぬほど短命ではないだろう。それなのに、おばあさんの連れている犬は……。

新しい犬を飼い始めたにしても、小さな仔犬がだんだん大きく成長していく、といったものではないようだった。トモくんという子がアスカという名前で呼びかけたのは、その犬の見た目が似ていたからだろう。

見た目が似ていた……？　何かが引っかかる。

「そのばあさん、ボケてんじゃねぇのかぁ？　だからいっつも名前を忘れちまうんだよ」

沈黙を破るように、別の男の子がそう言った。おちゃらけて言ったその言葉は、場を和ませるにはそれなりの効力があった。男の子たちはけらけらと笑い、女の子たちは、もぉーっ、とか言いながら笑みを取り戻していた。

　おばあさんを馬鹿にしたような物言いに腹が立ったけれど、ここでわたしが激昂してしまえば、有力な情報は手に入らなくなる。わたしは深く息を吸い込んで、懸命に怒りを鎮める。

　おばあさんは認知症を患っている。まずその線はないだろう。わたしは何度もおばあさんと同じ時間を共有しているけれど、認知症だと疑ったことは一度もない。喋り方も動作も、かなりしっかりしている。

　そう、いつも少し元気のない、ツバサよりも断然。

「そのトモくんとシュンくん……二人が死神と犬の話をしたのはそれぞれいつ頃か、わかるかな？」

「確か二人とも、三年生の時の話だって言ってたから……」

「二人は今、何年生なの？」

「トモくんは四年で、シュンくんは六年」

　つまり、アスカという犬と、アスカとは別の犬、おそらくツバサとの入れ替わりが確認されたのが一年前。そしてその二年前には、ツバサでもアスカでもない別の犬が死神と暮らしていたことになる。

死神の犬は、わりとすぐに死んでしまう……。

「ねえ、今から三年以上前の死神の犬、見たことある子、いるかな？　どんな犬だったか、憶えてる？」

六人の小学生たちは、お互いの顔を見合わせ、小さく頷き合った。

「憶えてるよ。えっとね……」

「……」

「肌色の大きな犬！」

＊

子どもたちから話を聞いた次の日の放課後、わたしは死神の家にお邪魔した。

インターホンを鳴らすと、玄関扉をおばあさんが開けてくれ、ツバサがわたしに駆け寄ってきた。わしゃわしゃとツバサの頭をこねくりまわし、その歓迎に応える。

わたしは一つのささやかな決意を胸に、少しだけ考えを巡らせた。その決意とは、おばあさんの正体を解き明かすまでは死神の家に行かないという、本当にささやかな決意だった。

そしてわたしは、またこうしておばあさんの出してくれた紅茶を啜っている。

おばあさんはいつものように文庫本を読み、思い出したようにツバサを撫でる。そんな光景を、わたしは穏やかな気持ちで見つめていた。

このおばあさんは、飼っている犬に毒を盛り、衰弱死させている。だから近所の人たちから死神と呼ばれている。わたしはこの事実を否定したくて……いや、そんな事実はあるはずがないという思いから、ちょっとした推理をしてみた。

その推理はもしかしたら真実かもしれないし、わたしのこじつけなのかもしれない。それを確かめるために、今一度、あの質問をすることにした。

「どうしておばあさんは、死神って呼ばれてるんですか？」

これで三度目になる質問を、わたしは性懲りもなく、おばあさんに投げかけた。

おばあさんはうんざりした表情でこちらを見たけれど、わたしの様子がいつもと違うことを察したようだ。わたしの目の奥を見据える。

「おばあさんが死神って呼ばれているのは、犬に毒を食べさせているから。ずっと前から、そう近所の人たちから言われていますよね？」

「……」

「そんなこと、あるわけない。おばあさんには、何かの事情があるはずなんです」

それは、そうあってほしいという、わたしの願望でもあった。

「ツバサの経歴に、その秘密があったんですよね？」

わたしは息を大きく吸い込み、吐き出した。この推理が正解であることを切に願い、わたしは言った。

「ツバサは元々、盲導犬だった」

おばあさんは読んでいた文庫本を閉じ、テーブルの上に置いた。わたしの方にゆっくりと視線を向け、聞く姿勢をとる。

こんな反応をするおばあさんを見るのは、これが初めてだった。いつもなら文庫本を閉じることなく、わたしの話に返答していたのに。

聞いてやる。おばあさんは無言のままだったけれど、目だけでそうわたしに言っているような気がした。

「おばあさんは、引退犬飼育ボランティアに登録しているんですよね？」

それが、わたしの出した結論だった。おばあさんが死神と呼ばれている、その本当の理由。そして、おばあさんの正体。

「盲導犬を引退した犬は、もう若くない。飼育ボランティアに参加すれば、人間で言えば初老に近い犬を引き取ることになる。だから、おばあさんの飼う犬は、わりとすぐに死んでしまう」

おばあさんは静止画のように、ぴくりとも動かなかった。わたしの推理を吟味するように、じっと耳を傾けてくれている。

「おばあさんの犬が日に日に弱っていくのは、毒のせいなんかじゃない。なんてことはない、ただの老衰。そうですよね？」

どうしてこんな簡単なことに、この地区に住む人たちは気付かないのだろう。毒を盛られているという妄想よりも、老衰というケースの方がはるかに現実味があって、ありふれているというのに。

この地区に住む人たちを罵りたくなったけれど……わたしにその資格はなかった。エサに毒を盛っているという噂話を鵜呑みにして、この家を物色し、毒を見つけ出そうとした愚か者は誰だ？　おばあさんに面と向かって、犬に毒を食べさせるのはやめろと言った大馬鹿者は……。

「おばあさんはツバサの名前の由来を知らなかった。それは生まれた時の、若い頃のツバサを知らないから。それなのに、ツバサがよくしつけられていたのは、ツバサが訓練を受けた盲導犬だったから。おばあさんはツバサに、あんたは才能があるって言ってましたよね？」

勉強の話題になった時に、おばあさんはツバサを撫でながら、確かにそう言っていた。

「訓練を受けても、盲導犬になれない犬はたくさんいる。でもツバサは、試験を突破して、盲導犬になって、ずっと人のために働いた。ツバサにはその才能が……盲導犬としての才能があった」

　わたしはおばあさんの隣に行儀よく座るツバサを見やった。わたしが手を伸ばすと、とことことこちらに近寄り、わたしの手に自分の頬をすり寄せる。

　盲導犬は人懐っこい性格の犬でないと務まらない。人が大好きで、献身的に人を支えてくれる、賢い犬でないと。

「飼育ボランティアに登録できる家庭には、いくつかの条件がある。引退犬が心細い思いをしないように、家を留守にする時間が短い家庭。室内で犬が飼える環境にある家庭。それと……」

　おばあさんはわずかに苦い顔になった。それはまるで、いたずらが見つかった子どものような表情だった。

「飼育する人がフォローし合えるように、単身ではない、二人以上の家庭。おばあさんが甥をこの家に住まわしているのは、この条件を満たすためですよね？」

　これは口にはしなかったけれど、おばあさんが甥に自らの安否確認をさせるのは、もしも自分に何かあった時に、ツバサの面倒を見させるためだろう。そのかわりに甥に便宜を図っている、そういう契約をしている、と前に話していた。

「ずいぶんと博識だねぇ」

「スマホで調べただけですよ」

茶化すようにおばあさんが言うので、わたしはぴしゃりと言い切った。

「なかなか説得力のあるこじつけだけど」

まだ認めないのか。わたしは辟易しながら、軽くため息を吐く。

いや、認めようとしていないのではない。おばあさんはおそらく、この状況を楽しんでいる。ミステリが好きだとか言ってたから、自分が探偵に追い込まれた犯人にでもなっているつもりなのかもしれない。

だとしたら、探偵役は……わたしか。

「その妄想を膨らませるきっかけになるようなことでもあったのかい？」

ならば、最後までこのミステリごっこに付き合ってあげよう。それが、今まで散々この家にお邪魔して、紅茶とお菓子をいただいてきた見返りになるのなら。

「近所の子たちから、話を聞いたんです」

おばあさんはわたしから視線を外さない。

「おばあさんが犬を連れている時に、とある子がその犬に興味を示した。その犬の名前はアスカだって、おばあさんが教えてあげたんですよね？　それからしばらく経ったある日、またその子はおばあさんの犬に近寄った。アスカと名前を呼びながら」

でも、アスカはもう死んでいた。おばあさんのその言葉に嘘はないのだろう。アスカは、天寿をまっとうしたのだ。

「おばあさんは、この犬はアスカではないと言った。アスカはもう死んだ、って。そこでわたしは、少し引っかかったんです」

探偵ならば、ここで人差し指でも立てて格好をつけるところなのかもしれない。

「どうしてその子は、その犬をアスカと勘違いしたのか、って。その理由は……」

おばあさんは目を細め、少し笑っていた。

「同じ犬種、同じ毛色だったから。だから、死んだアスカと見分けがつかなかった」

「……」

「盲導犬に採用される犬種は、イエローのラブラドールレトリーバーが圧倒的に多い。適度な大きさ、人懐っこい性格、人に威圧感を与えない外見……」

その特徴はまさに、わたしの目の前にいる可愛らしい犬と同じものだった。わたしの視線に気付いたツバサが、何事かと首を傾ける。

「その場にいる子たち、みんなに聞きました。今まで死神が連れていた犬の特徴をね。そしたら、みんな口を揃えて、肌色の大きな犬って答えてくれました」

仕上げだな。わたしは、ふぅ、と息を吐き、おばあさんに視線を戻す。

「ラブラドールレトリーバーの平均寿命が十歳から十四歳。盲導犬の現役引退の年齢は、十歳前後。おばあさんはその引退犬を引き取り、短い年月しか一緒に過ごせない。その犬が死んでしまったら、しばらく経ってからまた新たな引退犬を引き取る」

「……」

「中には病気を持った犬を引き取る可能性もある。そうすればもっと早くに死んでしまうこともあるかもしれない。だからおばあさんの犬は、わりとすぐに死んでしまう。それも、だんだんと弱りながら。それを見た近所の人たちは、おばあさんの偏屈で、人を寄せつけないようなところもあってか……」

「偏屈は余計だよ」

「おばあさんのことを、死神と呼ぶようになった」

最後に余計なツッコミが入ったけれど、言うべきことは言い切った。わたしの推理はこれで全部。ふん、と鼻から息を出し、どうだと言わんばかりに、おばあさんを見る。

「決定的な証拠がないじゃないか」

「……まだこれ、やるんですか？」

もうミステリごっこはうんざりだったけれど、おばあさんの目が爛々と輝いていたので、わたしはこれ以上拒否できなかった。

このおばあさん、妙に子どもっぽいところがあるな。

「あんたの推理も大したもんだけど、あくまで状況証拠にすぎない。あたしが毒を隠し持っていることだって、充分にあり得るじゃないか」

「決定的な証拠、ありますよ」

わたしがそう言うと、おばあさんは静かに笑った。両手をテーブルの上で組み、前のめりになる。

「その証拠がなければ、わたしはずっと、おばあさんのことを死神だと勘違いし続けていたでしょうね」

おばあさんが目だけでわたしに訴えてくる。早く言え、と。

「わたしはこの目で、おばあさんとツバサのことを見てきました。おばあさんはいつも、ツバサに愛情を持って接していた。おばあさんは、犬に酷いことをするような人じゃない」

「……まさか、それが決定的な証拠っていうんじゃないだろうね？」

「いーえ、これが決定的な証拠です」

「……」

「この事実があったからこそ、わたしは頭を働かせてここまで考えたんです。おばあさん、あなたは……」

わたしが本当に言いたかったのは、この言葉だ。おばあさんの目を真っ直ぐに見据えて、わたしは言った。

「あなたは、死神なんかじゃない」

わたしとおばあさんは無言のまま、お互いの目から視線を外さなかった。外から聞こえる廃品回収のアナウンスだけが、室内に響き渡る。

「そこに置いてある写真立て」

痺(しび)れを切らしたわたしは、台所の隅の棚に目を向けながら言った。

「なんかおかしいと思ったんですよね。最初見た時は、四枚の写真全部、ツバサだと思ったんです。でも、ポーズがちょっと違うだけで、撮った場所はおんなじだし。それをわざわざ四枚も写真立てに入れて変だなって。でも、こう考えれば納得がいく」

「……」

「その写真に写ってるのは、おばあさんが看取ってきた犬。四枚とも、全部違う子たちなんでしょう？」

犯人が罪を自白するのを待つ探偵のように、わたしはじっと待った。

ツバサが心配そうにわたしたちに目を向けていたけれど、わたしは意地でも、自分からはこれ以上、何も言わずにいようと決めていた。

くぅーん、と、ツバサの間の抜けた声が響く。おばあさんは我慢ができなくなったようだ。くつくつと静かに笑うと、やっと口を開いた。

「まあ、及第点をやってもいいかね」

犯人が自白した瞬間だった。わたしは、ふぅーと深く息を吐いた。

「賢い子は嫌いじゃないよ」

「どうしてですか?」

間髪を入れずに、わたしはおばあさんに問い質した。

「本当はおばあさんは、とても良いことをしているはずなのに。引退した犬を引き取って、ちゃんと面倒を見て……。自分はこういうボランティアをしてるんだって、どうして近所の人たちに説明しないんですか?」

わたしは少し、怒っていた。それは、クラスで妙な噂が囁かれているという事実、わたし自身が被った不利益があったからではなかった。

後になって気付いたことだけれど、この時のわたしは、他人のためにムキになっていた。それは今までのわたしからはとても考えられないようなことだった。

「何も知らず、自分から何も考えないような人間には、言いたいことを言わせておけばいいのさ。あたしは一向に気にしない」

「でもっ……」

「ごらんよ」

わたしの言葉を遮り、おばあさんは続けた。

「あたしは何も言わなかった。あたし自身のことも、ツバサのことも。それなのに、一人の捻くれ者の高校生が真相に辿り着いた。人の家を物色して、犯罪まがいのことはしたけど……人から話を聞いて、少ない判断材料から考えて、本当のことを知ったじゃないか」

　後ろめたいやら胸を張りたいやらで、わたしの中で整理のつかない感情が沸き起こる。ありもしない毒を見つけるために部屋中を漁ったの、やっぱりバレていたのか。

「心が曇った人間には、何を見ても曇ったようにしか見えないのさ」

「そんな……完璧な人なんかいません。誤解してしまうことだってあるはずです。おばあさんは、間違ってます」

　おばあさんは大きく目を見開く。怒られるだろうか。嫌われるだろうか。わたしの胸に、ちくりと痛みが走る。

「誤解を解こうと努力をしないのは、嘘をついてるのと同じです」

　どうしてわたしはこう、おかしなところで熱くなってしまうのか。瞼と唇を震わせながら、わたしはおばあさんの言動を否定した。

「本当に……娘によく似ている」

「えっ」

　確か前にも、おばあさんは同じことを言っていた。もうしばらく会っていない娘さんと、わたしが似ている、と。

「あんたの言うことの一つくらい聞いてやらないとね。あんたはここまで辿り着いたんだから」

「えっと……どういう……」

わたしが呆気にとられていると、おばあさんは口をへの字に曲げた。ものわかりの悪い生徒に呆れる先生のようだった。

「誤解を解くって話さ。これから誰かから、どうして死神と呼ばれているのかを聞かれたら、あたしのこととツバサのこと、ちゃんと説明するようにするよ」

「そんなこと面と向かって聞いてくる人なんて、普通いませんよ」

「どの口がそれを言う」

そう、わたしは普通ではないのだ。捻くれてて、意地っ張りで、妙に負けず嫌い。

おばあさんの鋭いツッコミに、わたしは今日、初めて笑った。

*

そんなことがあった次の日から、わたしは放課後におばあさんの家に通うという日課を継続させることにした。青いバラが一輪だけ交ざった花壇が目印の、ちょっと不気味な一軒家。そこにわたしは、性懲りもなく通い詰めた。

おばあさんは相変わらず、わたしに紅茶と茶菓子を出してくれた。ずっとこんな生活を続けていれば、いずれ太ってしまうな。ランニングの日課は欠かさないようにしようと改めて決意して、今日もおばあさんとツバサと一緒に、穏やかな時間を過ごしている。

この前おばあさんに、どうしてこの引退犬飼育ボランティアを始めようと思ったのかを聞いてみた。

「誰からも必要とされなくなったら、人はダメになっていく。話し相手や、やるべきことがあるっていうのは、幸せなことなのさ」

そう言うおばあさんは、少し寂しそうに顔を歪ませた。

「あたしはこの手で、いくつかの命を吸ってきた」

自らの手をまじまじと見つめるおばあさんは、その時確かに、死神の目をしていた。

「やるべきことがあれば、それだけで今、生きてる意味があるんじゃないかって、勘違いできるからね」

おばあさんはそう言って、にやりと笑った。

おばあさんは死神なんかじゃない。わたしはあの時、そう言ってしまったけれど、訂正する。

この町には、確かに死神が存在する。優しくて、偏屈で、ちょっとおかしな死神が。

第二章　ひとりぼっちの女子生徒

両方の頬をくにくにとつまんでやると、ツバサはその度に七福神のえべっさんのような顔になった。わたしはそれが面白くてついついやりすぎてしまうのだけれど、いつも久美子さんに咎められてしまう。

「ツバサに嫌われるよ」

わたしは仕方なく、その柔らかな頬から手を離し、背中をぽんぽんと優しく叩いてやった。わたしがツバサに笑いかけると、ツバサもわたしに笑いかけてくれた……ような気がした。

少し汗ばむことが多くなってきた季節。この町に越してきてから、一ヶ月と半分が過ぎていた。わたしは相変わらず学校生活を送りながら、放課後に死神の家に通い詰めていた。

この町には、死神が存在する。……と言ったら、普通の人ならわたしのことをおかしな女だと思うだろうけど、でも本当に、この世界に死神は存在した。まあ、わたしが勝手にそう思っているだけなのだけれど。

死神の名前は、桐原久美子といった。死神に名前がついていることに驚いたけれど、その名前がごくありふれた普通の名前であることに、わたしはさらに驚いた。

「本気で怒るよ」

死神にも名前があるんだね、と思ったことをそのまま口に出すと、久美子さんはそう言ってけっこう本気で怒った。

すいません、と素直に謝っておいたけれど、自分が死神であることを認めておいてそんなに怒らなくても……。わたしは一度、久美子さんが死神であることを否定してあげたはずなのに。

そんなやりとりがありつつ、わたしは死神のおばあさんのことを、久美子さんと呼ぶようになった。

五十以上は年が離れている人のことを、下の名前で呼ぶ。そのことに、わたしの自尊心は大きくかき立てられた。久美子さんはわたしにとって、年上として敬うべき存在だけれど、それでも上下関係ではなく、対等な者同士として付き合えるような気がしたので、わたしは嬉しかった。

それと同時に、わたしは久美子さんに敬語を使うことをやめた。そのことに関しても、久美子さんは何も言わなかった。

わたしと久美子さんの心の距離は多少なりとも縮まったかに思えたけれど、久美子さんは相変わらずわたしのことを、あんた、と呼び続けた。

こちらが久美子さんと呼んでいるのだから、名前で呼び合うのが当たり前だと思うのだけれど。もしかしたらこの人は……。

「わたし以上に捻くれてるのかも」

「聞こえてるよ」

おっと。どうやら心の声が漏れてしまっていたようだ。わたしは片手で口を押さえ、ぺこりと頭を下げた。

「本物の捻くれ者に言われたくないね。あんた、学校に友達いるのかい？」

仕返しのつもりだろうか。なかなか痛いところを突いてくる。わたしは口をへの字に曲げて、あえて無言でいた。

久美子さんは短く息を吐き、わずかに視線を落とした。からかわれると予想していたのだが、どうやらそれなりにわたしのことを心配してくれているのかもしれない。

芋羊羹をつつきながら、まだこの話題を終わりにする気配がない。

「学校で楽しいと思ったことは？」

「親みたいなこと聞くんだね」

実際には、お母さんにそういったことを聞かれることはほとんどない。会話が少ないなりに、互いの存在を感知し合ってはいる。けれど、わたしたちの親子仲は、冷め切っているとは言わないまでも、決して温かなものとは形容できない。これが正常な親子のあるべき姿かと言われれば、そうではないと否定せざるを得ないだろう。

「でも、学校で一人でいる子なんてそう珍しくもないよ」

「まあ、あんたがそれでいいならいいんだけどね」

「いいわけじゃないけど……」

わたしは基本的に一人が好きだ。誰かと一緒にいても、その人に気を使うのが嫌だし、それなら一人の方が心地いいと思うことが前の学校でもよくあった。

でもだからといって、ずっと一人でいいとは思っていない。周囲が楽しそうに会話をしている時、わたしに誰もかまってくれる人なんていないと気付いた時、わたしの心は少しざわつく。

久美子さんのように、無理に会話をする必要のない、無言になっても全く気まずくならない人といる時、わたしは穏やかな気持ちでいられる。

「他にもあんたと同じで一人でいる子がいるんだろう？　その子とくっつけばいいじゃないか」

今日の久美子さんはやけによく喋るな。と思ったら、久美子さんの手に文庫本がない。

「読む本、ないの？」

「今は気分じゃないのさ」

久美子さんは無表情で返答した。なるほど。手持ち無沙汰で、話し相手が欲しかったのかもしれない。

それならば。わたしはテーブルの上に置いていたスマホをオフにした。いつもお茶と場所を無料で提供してもらっているのだ。話し相手を引き受けてあげるのも、やぶさかではない。

「わたしのクラスに朝田さんっていう女の子がいるんだけど。その子、クラス分けで仲良い子と離れちゃったんだって。それからずっと、だいたい一人。体育の授業では、わたしはその子とずっと組まされてる」

「組ませていただいている、の間違いだろう」

わたしは久美子さんを無視して続けた。

「その子、いっつも鈍臭くてさ。みんなより行動がワンテンポ遅いんだ。朝も弱いらしくて、よく遅刻してくるんだよ。今日も遅刻してた」

わたしが話せるクラスメイトといえば、朝田さんのことくらいか。なぜなら、わたしがまともに会話をしたことがあるのが、朝田さんだけだからだ。

「人には得意不得意があるからね。そのくらい大したことはない」

「ずいぶん寛容だね」

「あたしの娘には、障がいがあったんだ」

久美子さんはあっさりと言ったけれど、わたしは何と返せばいいのかわからなかった。

「障がいというか、身体的な異常と言うべきか。日常生活を送るには大したハンディキャップにはならなかったけどね。その異常があったから、ある分野のことは苦手としていたけど、得意なことはそれ以上にたくさんあった。その朝田さんって子にも良いところはあるはずだよ」

久美子さんがこんなことを話してくれるのは、わたしに心を許してくれたからか。はたまた、本当に大したことではないと思っているからか。わたしとしては、前者であってほしいとは思うけれど。

「社会勉強の一環さ。知り得た情報や経験なら、あんたよりは圧倒的に多いからね。それを若者に伝えることも、老人の役割なのさ」

わたしの心を見透かしたように、久美子さんは言った。

「人懐っこいところ、かな」

「うん？」

久美子さんはわたしに聞き返した。

「朝田さんの、まあ、良いところ？」

久美子さんの娘さんのことをどう返せばいいのかわからなかったから、わたしはとりあえず、朝田さんの話題に戻した。

「……そうかい」

久美子さんの目が少し優しく細められた。そういう表情をされると、もっと何か話してあげたくなるのだけれど。

わたしの学校での話題は、これくらいのものだ。人との接点は朝田さんとしかないから、あとは先生との事務的なやりとりくらい。なんてわたしはつまらない人間だろう。ちょっとした自己嫌悪に陥る。

わたしはなんとか学校での話題を頭の中から絞り出そうとした。と、松永くんのことを思い出す。

「そうそう、うちのクラスに陸上部の松永くんって男子がいるんだけど……」

自分で言っておきながら、陸上部という言葉に少しだけ胸がチリッとしたけれど、気付かないふりをして続ける。

「その人が久美子さんに似ててさ」

久美子さんの仏頂面を見ると松永くんと重なってしまい、わたしは思わず噴き出してしまった。久美子さんが呆れたように目を細める。

「すごく背が高くてさ、短距離やってるんだけど、大会で好成績を残すくらい速くて。周りからもすごいすごいって言われてるんだけど、本人は全く意に介してないんだよ。その無愛想な感じが、久美子さんにそっくりなんだよね」

盲導犬を引退した犬の飼育ボランティアという、とても素晴らしいことをしているはずなのに、それを表立って言わないところ。久美子さんのそういうところが、なんとなく松永くんと似ているような気がした。

「そんなの、ただの捻くれ者じゃないか。あたしは褒められれば素直に喜ぶからね。あたしじゃなくて、あんたとそっくりだよ」

自分のことを捻くれ者だと自認はしているけれど、なぜ他人に言われるとこうも苛立ってしまうのだろう。

まあ、わたしも久美子さんのことを偏屈とか無愛想とか言ってるから、大概なのだけれど。

「……あ、そうだ」

お互いの欠点を言い合ったところで、これでおあいこということにしておこう。わたしは話題を、その松永くんに戻した。

「今日さ、松永くんの様子がちょっとおかしかったんだよね」

「うん？」

久美子さんはわたしに視線を戻した。どうやら松永くんは、久美子さんの興味をそそるだけの人物たることができたようだ。

まあ、今日の久美子さんに読む本がなく、手持ち無沙汰ということもあるのかもしれないけれど。

「今日、化学の小テストがあったんだけど、その時に、松永くんが急に教室を抜け出しちゃったんだ。途中退出が許されてたのは女子だけだったのに。それで先生の反感を買って、0点になったみたい」

「なるほど。あんたの通う学校には男女差別があるわけだ。女子に許されて、男子には許されないことがある、と」

「ああ、違う違う。次の授業の移動の関係で。色々あってさ。説明すると長くなるけど」

そういえば今日は、朝から色々あったんだよなぁ。

「とにかく、松永くんはよくわかんない人だなって思って」

「その少年のこと、何でもいいから、どんな子か話してみなよ」

久美子さんはニヤリと笑いながらわたしに言った。

「うーん……」

やはり久美子さんは、松永くんに興味があるようだ。そしてわたしも、久美子さんが興味を示す松永くんのことが、気になり始めていた。

「基本的にはずっと一人でいる。周りに合わせるとか、空気を読むとか、そういうことは一切しない。でも全く無愛想なわけでもなくて、たまになら普通に喋ってる」

「やっぱり、あんたとそっくりじゃないか」

「……」

特徴を挙げてみれば、確かにわたしと類似点は多い。強く否定することができず、わたしはつい無言になってしまった。

「……まあ、そんな感じの人だから、今日の小テストの最中、いきなり何も言わずに抜け出したのが松永くんらしくないというか、逆にらしいというか」

「その行動には、きっと理由があったんだよ」

決めつけるように、久美子さんは言い切った。

「あんたもそうだったからね。多少強引にでも、自分の中の理由のために行動する」

「……」

それは、少し前のわたしたちのあの一件のことを言っているのだろう。

わたしが、久美子さんが飼育ボランティアをしているという真相に思い至った、一連のミステリごっこのことを。

「賭けてもいい。その子は何かの理由があって、小テストの点数を犠牲にした」

「何を賭けるの？　もし松永くんの行動に理由がなければ……」

「あんたに紅茶を一杯ご馳走してやるよ」

「いつものことじゃん。それじゃ賭けになんないでしょ」

「なんておこがましい子だろうね。紅茶と茶菓子をもらえるのが当たり前のことだと思っているのかい？」

「……」

ああ言えばこう言う。まあでも、確かに久美子さんの言う通りだ。

「もしもその少年の行動に理由があれば、あんた、その少年に声を掛けなよ。それが今回の……」

「ミステリごっこの、賭け？」

久美子さんは嬉しそうにこくりと頷く。わたしはこれ見よがしに、深くため息をついた。

どちらに転んでも、久美子さんにとってはノーリスク。このミステリごっこも、次に読む本を決めるまでの余興にすぎないわけだ。

真相が明かされようと、真相がわからず終いでも。そもそも、納得できるような結末がなかったとしても、久美子さんとしては暇つぶしができればそれでいいのだろう。

「さ、そうと決まれば、早く推理材料を寄越しな。その、朝田って子が遅刻した朝から。今日あったことを、全部ね」

朝田さんの話、ちゃんと聞いてたんだ。聞き流されていたと思っていた。

「話、長くなるけどいいの？　それに何もないかもしれないのに」

「どうせお互い暇だろう？」

というわけで、わたしと久美子さんはまた、ミステリごっこに興じることとなったのだった。

わたしはそばにいたツバサを撫でてから口を開いた。今朝からの、わたしのつまらない学校生活を。松永くんが謎の行動に至るまでの経緯を久美子さんに説明するために。

*

わたしが今朝登校した時、なぜか二年二組の教室に女子体育の前園(まえぞの)先生がいた。前園先生はわたしたちの担任ではないし、体育の授業は二限目にもかかわらず、だ。

少し濃いめの口紅に、ポニーテールを揺らす前園先生は、いつもイライラしているような印象を受ける。

「今日の授業、女子は引き続きバレーをやるから、そのつもりで体育館に集合してください。男子はそのままテニスで。増田(ますだ)先生にも連絡してあるから、みんな間違えないように」

女子たちの呆気にとられたような表情を見て、前園先生は補足する。

「バレーの実技テスト、思いのほかみんなの出来が悪かったから。少し練習して、また再テストします」

それだけ言い残して、前園先生は二組の引き戸をぴしゃりと閉めた。教室に残されたのは、女子たちのため息と、男子たちの喜びの声だった。

相反する女子と男子の反応。それは両者の間に、ある共通する想いがあるからだ。一般的にそうなのかはわからないけれど、うちの学校ではバレーボールよりもテニスの方が人気がある。

一昨日までの体育の授業では、女子は体育館でバレー、男子はテニスコートでテニスに励んでいた。二限目に行われる今日からの体育は、その逆、女子がテニスで、男子がバレーをやる予定だったのだ。

増田先生というのが、男子体育の先生。前園先生が無理を言って、男子の授業と調整を行ったのだろう。

「マジで最悪。今日のテニス、楽しみにしてたのに！」

「バレーはもういいわー」

女子の不満をあざ笑いながら、おちゃらけたキャラの男子が、ちょっかいを出す。女子の張り手の反撃を肩にくらいながら、その男子はけらけらと笑っていた。

わたしにとってはどうでもいいことだった。予定通りのテニスだろうと、予定外のバレーだろうと。わたしはいつも蚊帳（かや）の外なので、学校で何かを楽しむとか、そういったこととは無縁なのだ。

いつものように朝田さんとペアを組まされて、準備運動をして……って、あれ？　そういえば朝から朝田さんの姿が見えない。

「また遅刻かぁ……」

数週間に一度のペースの、朝田さんの遅刻。よりによって、体育の授業がある今日でなくても……。組む相手がいなければ、また要らぬ心の不穏を感じなくてはならないではないか。わたしはこの場にいない朝田さんを呪った。

そう考えると、わたしにとっての朝田さんは、恩人というと大袈裟だけれど、助かる存在であることは間違いなかった。孤独を紛らわす存在、唯一の話し相手となってくれる存在として。

「今日俺ら継続でテニスならさ、体操服、視聴覚室に放り込んどこうぜ」

おお、そうだそうだ、と男子が口々に同意する。

「あたしたちも体操服、持ってった方がいいんじゃない？　遅れたらまた前園が怒るよ」

リーダー格の女子がそう言った。男子女子を問わず、二組の生徒たちは揃って体操服と教材を手にして、これから一限目が行われる実験室に向けて教室を出ていく。

二組のみんなが体操服を持って実験室に向かったのには、ちょっとした理由があった。それは、この学校の構造というか、地理的な問題があったからだ。

学校は、大きく分けて北と南、二つの棟から構成されている。記号のイコールのように、東西に長く伸びる建造物が、北と南に平行に並んでいるのだ。

北棟は一年から三年の各教室があり、生徒はその学校生活のほとんどを北棟で過ごす。南棟には、職員室や移動教室で使う実験室や視聴覚室といった、専用科目の教室がある。

敷地内の南側にグラウンドが広がっていて、北東のはずれに体育館がある。その対極である南西、つまりグラウンドの西側、敷地内の僻地にテニスコートが設置されている。

そして、この学校には先生たちも黙認しているルールのようなものがある。それは、体育の授業がテニスの時に限り、南棟の西側、ほとんど使われることのない第二視聴覚室で体操服に着替え、そのままテニスコートに移動してもいい、というものだ。

体育の授業の着替えは、グラウンドを使用する場合はグラウンドの東端にある更衣室で行う。そのままグラウンドに直行できるので非常に便利だ。そして、体育館を使用する場合は、体育館内にある更衣室を使うことになっている。

ただ、テニスコートは南西の僻地に設置されていることもあって、着替えるためだけにグラウンドを横切って東の外れまで行くには、距離が遠すぎるのだ。

今日の一限目は南棟の実験室での授業。男子はその後テニスの授業を受けるので、すぐに着替えられるように、事前に同じ南棟の西寄りにある視聴覚室に体操服を放り込んでおくことにしたのだった。

女子は体育館でのバレー。実験室での授業が終わった後に教室に一度戻るのではこちらも時間がかかるので、体操服を持って実験室に移動することになった。

わたしもすぐに体育館の更衣室に直行できるように、体操服と化学の教材を手に、実験室へと向かった。


「高校の敷地なんていうとかなりの広さだろう。その南棟の実験室から体育館までも、かなりの距離がありそうだね。女の子たちは、化学の授業が終わった後、大急ぎで移動したわけだ」

わたしの話を遮り、久美子さんは確認するように聞いてくる。

「そうそう。で、男子は実験室での授業を終えた後からでも、それなりに近い視聴覚室で着替えることができる。だから、テニスコートに出るまでそんなに時間はかからない」

「なるほど。今日の一限目の化学は小テストが行われた、って言ってたね。女子だけが小テストが終わった生徒から途中退出が許された、って。そうやって女子にだけ便宜が図られたのは、次の授業までの移動と着替えに時間がかかるから、か」

「……」

「男女差別ではないとあんたが言ったのは、そういう事情があったんだね」

久美子さんの理解の早さに、わたしは思わず舌を巻いた。伊達にミステリを読み込んではいない、ということか。

素直に褒めるのもなんとなく気に食わなかったので、わたしはそのまま話を続けた。

「それともう一つ理由があって……。体育の前園先生がやたら厳しい先生でさぁ」

あのいつも張り詰めたような顔は、どうにも好きになれない。前園先生はわたしだけでなくほとんど……いや、ほぼ全ての女子から嫌われている。

「体育の授業の五分前には集合を終えてないと、嫌味言ってくるんだよね。三分前なんかになっちゃうと、けっこうキツめに怒られる。ちゃんと授業開始には間に合ってるのにだよ？　社会人になったら五分前行動が当たり前だとか言って。休み時間、十分しかないのに」

「ふーん。で、あんたはどうしてるの？　ちゃんとその先生の言いつけを守ってるのかい？」

よくぞ聞いてくれました。わたしは片方の口角だけをニヤリと上げて、久美子さんの質問に答える。

「そんなの守るわけないじゃん。だってそんなに急いでたらゆっくりトイレにも行けないし。しかも、五分前に間に合わせるには廊下を走らなきゃならないんだよ？　あれだけ廊下は走るなって言っときながら、なにが五分前行動？　って感じ」

久美子さんは声を上げて笑った。

「さすが、捻くれ者は言うことが違うねぇ」

「どこが捻くれてるの？　正論でしょ」

ふん、と鼻息を漏らして、わたしは反論する。

「わたしだけ時間通りにマイペースで集合するから、いっつもわたしだけ嫌味言われる」

「そりゃ、誰もあんたに近寄らなくなるわけだ」

一人で勝手に納得して、久美子さんはうんうんと頷いている。

「ツバサ、可哀想だからこの子の友達になってやりな」

久美子さんはツバサにそんなことを言ったけど、その点においては大丈夫。

わたしとツバサはもうとっくに友達同士だから。

今朝の一限目、化学の授業が始まった。最初の三十分で実験と片付けを済ませ、残りの二十分で小テストを行うことが、化学の秦野先生の口から説明された。

秦野先生は定年間近の男の先生で、いつもは温厚だけれど、怒ったらめちゃくちゃ怖いことで有名だった。

「せんせー。お願いがあるんですけど」

実験の準備の時、女子のリーダー格の末岡さんが秦野先生に声を掛けた。

「次の授業、体育館なんですけど、早めに集合しとかなきゃ前園先生が怒るんですよー」

「……ああ、はいはい。前園先生ね」

秦野先生の返答は、生徒の気苦労を理解したような、そんな声色だった。

ここから体育館が遠くて移動に時間がかかること、前園先生がやたらと厳しく融通の利かない先生であることを、秦野先生はちゃんと把握していたようだった。

「授業の後半でやる小テストだけど、女子だけは終わった人から途中退出を許可します。ただし、見直しはちゃんと念入りにするように。ケアレスミスで減点になっても自己責任としますので、そのつもりで」

秦野先生のその言葉に、実験室にいる女子たちは安堵の息を漏らした。……ただ一人の女子生徒を除いては。

わたしだけは、その秦野先生の言葉に納得がいかなかった。この件は本来ならば、生徒に余計な負担をかけさせないために、教師の間で調整しなければならないことのはずだ。

それなのに、それを小テストとはいえ、成績に影響する試験の場において、生徒に見直し時間を短縮しなければならない事態にさせるなんて。

とあるささやかな決意を胸に、わたしは実験の準備にとりかかった。


「すっ……すみません！」

実験が始まって数分が経った頃に、大きな声と共に実験室の扉が開け放たれた。一人の女子生徒がようやく姿を現した。……いや、彼女にしては早い到着と褒めるべきだろうか。

秦野先生の冷たい視線、クラスメイトたちの嘲笑を全身に浴びながら、朝田さんは実験道具を取り、そそくさと自席に移動した。

顔を真っ赤に染める朝田さんの手には、体操服があった。次の授業が体育であることは、おっちょこちょいの朝田さんもちゃんと把握していたようだ。

二十五分ほどで簡単な実験を終えて、わたしたちは五分で片付けを済ませた。

残りの二十分で小テストを実施し、出来上がった女子から退出してもよい。秦野先生の口から改めて説明がなされた。

こうして、今回のわたしと久美子さんのミステリごっこ……その核心というか、最後のチャプター、小テストが行われたのだった。

そこで松永くんという男子がちょっとおかしな行動を取り、みんなを唖然とさせることになる。


ふむ、と久美子さんが顎をさすりながらわたしに聞いてくる。

「で、あんたはどうしたんだい？」

「なにが？」

「あんたは次の体育、五分前集合に間に合わせるために、早くに試験を仕上げて途中退出したのかい？」

「まさか」

わたしはにやりと笑いながら、久美子さんの問いに首を振った。

「先生の勝手な決め事のせいで成績が落ちるなんて、馬鹿馬鹿しいにもほどがあるよ。終了の五分前には見直しも完璧に終わってたけど、チャイムが鳴るまで紙に穴が空くくらい見直ししてたよ」

予想通りの返答だったのだろう。久美子さんはけらけらと笑った。その笑顔を見て、わたしも楽しくなる。

「あんたはほんとに逆張りというか、天邪鬼だねぇ」

「まあ、今回はわたし以上の天邪鬼がいたわけだけどね」

途中退出を許されていたにもかかわらず、最後まで居座っていたわたしのような生徒がいた。そして、途中退出を許されていないにもかかわらず、途中退出をした生徒が、わたしたちのクラスに存在したのだ。

それが、陸上部のエース、松永くんだった。

「あれは確か……そう、女子が朝田さんとわたしの二人だけになって、残り時間が一、二分とか、それくらいの時だった。朝田さんが慌てて試験を終えて、実験室を出ていったすぐ後だった。あと少しで授業も終わりなんだから最後まで教室にいたらいいのにって思った矢先だったから、よく憶えてる」

朝田さんは途中からの参加だったので、実験に対する理解が浅かったのかもしれない。残り五分前には退出した子もいた中、そこから数分遅れで退出をした。

そして、その後で……。

「突然、松永くんが席を立った。がたっ、って大きな音を立てて。答案用紙を秦野先生に提出して、教材を手に実験室を出ていこうとした。秦野先生も突然のことだったから最初は呆然としてたけど、その後で怒りながら引き止めた。でも松永くんは、そそくさと廊下に飛び出していったの」

「……」

「秦野先生はカンカンに怒ってたけど、男子たちは『あいつ、女子だっけ？』とか色々、冗談を言い合いながら笑ってた」

　回想が一通り終わったので、わたしはまとめに入った。

「今回の実験室での小テスト、途中退出が認められていたのは女子だけだった。なぜなら、次の授業の移動に時間がかかるから。なおかつ、融通の利かない前園先生の言う、時間に余裕を持った行動を強要されていたから」

　息継ぎをして、わたしは続ける。

「……にもかかわらず、小テストで途中退出をした松永くんという男子生徒がいた。松永くんは先生に対して反抗的な生徒じゃないし、寡黙（かもく）ではあるけど、おかしな行動をとるような人じゃない。ならなぜ、松永くんは許されていない途中退出をしたのか。それは……」

「それは？」

　久美子さんの、何かを期待するような催促の言葉。

「それは、つまり……松永くんはトイレを我慢していた、とか……」

「……ふーん」

　久美子さんの素っ気ない反応に、わたしは思わずむっとなる。

「そのくだらない結論はともかく、簡潔明瞭な説明だったね。わかりやすかったよ。あんたは頭が良い」

褒められたのか貶（けな）されたのかよくわからず、わたしは複雑な心境になる。でもまあ、とりあえず。

今回の一件の説明はこれにて終了。わたしは少し疲れたので、ツバサとのスキンシップで疲労回復に努めた。わたしの指先を、ツバサがぺろぺろと舐める。

「その視聴覚室は、内側から鍵がかけられるのかい？」

「えっ」

久美子さんの質問の意図がわからず、思わず素（す）っ頓狂（とんきょう）な声を出してしまった。わたしの理解は追いつかなかったが、久美子さんが質問をするのならそれなりの意味があるのだろう。

「うちの学校の教室は、全部内側から鍵はかけられないよ。中で生徒が悪さをしないようにだと思う。わたしが通ってた前の学校もそうだった」

「……ああ、いや、そうだったとしても意味はないね。あたしとしたことが、馬鹿な質問をしてしまったね」

そう言って、久美子さんは軽くため息をついた。その表情は何か含みがあるように見えた。もしかして……。

「久美子さん、何かわかったの？」

久美子さんはわざとらしくわたしから視線を外すと、足元のツバサをなでる。

「この賭け、あたしの勝ちだね」

久美子さんは、ふっ、と笑った。

どうやら久美子さんは松永くんの行動の意図に気付いたらしい。自らの小テストを犠牲にしてまで途中退出した、その意図を。

「あたしにはどうやら、安楽椅子探偵の才能があるらしいねぇ」

「あんらく……何て？　なにそれ。どういう意味？」

「現場に居合わせることなく、話を聞いただけで物事の真相を解き明かしてしまう探偵のことさ」

「自分がその安楽椅子探偵だって言いたいわけ？　なんか腹立つー」

久美子さんは心底楽しそうだった。そして自分だけ楽しそうにする久美子さんを見て、わたしは少し苛立った。

この一件を間近で見ていたわたしは気付けなくて、話を聞いただけの久美子さんが真相に辿り着いたという事実に、悔しさを感じていたのだ。

「あんたの説明がわかりやすかったからね。余計な情報を排除できて、真相まで一直線に推理できた」

わたしの悔しそうな顔を見て、こちらの心境を察したらしい。久美子さんはそう言って、一口紅茶を啜った。

勝者の余裕を見せつけられたような気分になって、わたしの悔しさは倍増した。わたしも自力でこの一件の真相に辿り着きたい。その一心で、わたしは疲れた頭に鞭打ち、脳をフル回転させた。

久美子さんが真相に気付けたということは、わたしが話した内容で、推理材料は全て揃っているということになる。今朝の前園先生の連絡事項に始まり、松永くんが途中退出するまで。その中に、全てが詰まっている。

体育の授業の予定が狂い、科目競技が女子と男子でひっくり返ったこと。体育館までの移動の長さと、前園先生から強要された五分前集合のこと。女子だけに認められた途中退出のこと。……わからない。この他に、重要な情報はどこにある？　わたしがこの他に喋ったこと、その中に真相を解く鍵が隠されているはず。

何だ？　わたしは何を喋った？　松永くんのこと、前園先生のこと、秦野先生のこと、それと……。

「……朝田さん」

わたしの絞り出した声に、久美子さんがわずかに反応した。少しだけその表情が和らいだのだ。

朝田さん。わたしがクラスで唯一話せる女の子。その朝田さんは今朝、遅刻をした。

「朝田さんは今朝、遅刻をした」

確認するように、わたしはその事実を口にしてみた。朝田さんが遅刻をすることによって一体何が起こり得るのか、それは……。

「朝田さんは、前園先生からの連絡事項を聞いていない」

そうだ。今日の一限目の授業。実験室への移動をみんなが始める前に、前園先生はわたしたちの教室までやってきて、予定していた体育の授業科目の変更を知らせた。

「なるほどね」

久美子さんが辿り着いた真相に、わたしもようやく気付くことができた。

松永くんが小テストの最中に途中退出をした理由、それは。

「朝田さんが、前園先生から怒られないようにするため」

わたしはドヤ顔で久美子さんを見やる。

「だから松永くんは、大急ぎで朝田さんを呼び止めた。そうでしょ？」

久美子さんは無言のままだった。わたしはかまわず続けた。

「朝田さんは今朝、遅刻をした。だから前園先生の、朝一番の連絡事項を聞けていなかった。本来の予定は覆（くつがえ）されて、女子は今日もバレーだった。でもそれを、朝田さんは知らない。だから朝田さんは、予定にあったはずのテニスコートに向かうところだった」

　予定では、女子は今日からテニスをやるはずだった。そう、予定通りなら。

「そうなれば、朝田さんは体育館でのバレーの授業に大幅に遅れてた。前園先生からかんかんに怒られたはず。そのことに、松永くんは朝田さんが実験室を出ていった直後に思い至った。それを可哀想だと思った松永くんは……」

　テーブルに腕を乗せ、わたしは目の前に座る久美子さんの顔を覗き込んだ。

「自分の小テストを中断させて、朝田さんを追いかけた。今日の体育、女子は体育館でバレーだって教えてあげるために。事実、朝田さんはちゃんとバレーの授業に間に合っていた」

　これが、この一件の真相。松永くんの行動にはちゃんとした意図があった。賭けには負けたけれど、わたしは満足だった。

　久美子さんと同じ真相に、自力で辿り着けたのだから。

「にしても、松永くんもお人好しだよねぇ。たかがそれだけのために自分の成績を犠牲にするなんて。わたしなら絶対やらないな。授業に遅れて先生に怒られるくらい、そんな大したことでもないのに」

　謎を解いた興奮で、わたしの声は少し上ずっていた。

「まあ、松永くんの自己犠牲の精神は素晴らしいとは思うけどねぇ。二限の開始時間ギリギリで到着したわたしは怒られたから、朝田さんが怒られるとしても一人じゃなかったのに」

　わたしがどれだけ言葉を重ねても、久美子さんは無言のままだった。窓の向こうをぼんやりと見つめながら。……ちょっと、あまりにも素っ気なさすぎない？

「ねえ、久美子さん、聞いてる？」

「ああ、聞いてるよ」

　先ほどの楽しそうな様子はなく、久美子さんは少し不満そうですらあった。

　一体何なの？　わたしが真相に辿り着いてしまったから、悔しがっているのかな？

「思慮が浅いよ」

　久美子さんは一言だけ、そう言った。

「……どういう意味？」

「そのままの意味さ」

　わたしの思慮が浅い？　ということは、わたしの推理は間違っているということ？

「わたし、間違ってる？　それならちゃんとそう言ってよ」

「間違ってなんかないさ。ただ、そうやって自分が思い至らないだけなのに、人のことを馬鹿にするような言い方はやめな」

　それはまるで、この近所に住む人たちに向けた言葉のようにも聞こえた。

久美子さんが飼い犬を虐待していると決めつけ、不気味な死神だと噂する、この地域に住む人たちに向けた言葉。近所の人たちは未だに、久美子さんが飼育ボランティアをしていることに気付けていない。考えようとせず、知ろうともしない。そんな人たちのことを、久美子さんは嫌悪している。

もし久美子さんの言うことが本当なら、松永くんと久美子さんにしか気付けなかった真実が、この一件に存在するということになる。わたしや、その他大勢のクラスメイトに気付けなかった真実が。

「一体、他に何があるっていうの？」

「自分で考えな」

久美子さんは素っ気なく言い放った。

前にもこんなこと、言われたな。わたしは少し前のことを思い出していた。どうして久美子さんは死神と呼ばれているのか、その理由を聞いた時、久美子さんはこの言葉を使った。自分で考えな、と。

久美子さんは多分、このままわたしが真相を知らず終いになったとしても、何も教えてはくれないだろう。だったらわたしは、自力でこの一件の謎を解き明かさなければならない。

絶対に、絶対に真実に辿り着いてやる。八ツ橋を二枚口に放り投げ、糖分補給は完了。鼻息荒く、わたしは松永くんの、本当の意図を推理した。

久美子さんが言うには、わたしの推理は間違ってはいないという。道筋だけで言えば、わたしは正解していると捉えてもいいだろう。

朝田さんが遅刻したことにより、朝田さんだけが、今日の女子の体育の授業がテニスだと思い込んでいた。ここまでのわたしの考えは、合っているはず。

考えが至らない。それは一体どういうことだろうか。……そうだ、久美子さんは一つだけ妙な質問をしていた。視聴覚室は内側から鍵がかけられるのか、と。

わたしはその問いに首を振った。内側からの施錠は不可能だと。

内側から鍵がかけられることに、一体何の意味があるのか。言い方を変えると……どうして鍵をかける必要があるのか。

「……」

朝田さんはテニスの授業だと勘違いをしたまま、視聴覚室で着替えを始めるつもりだった。そしてその後で、女子の中で自分だけがみんなと別の行動をとっていたことに気付く。

そう、後から追うようにやってくる、男子たちの存在によって。その時に初めて、体育の授業科目の変更があったことを知る。

「……ああ」

松永くんの行動の、本当の理由。それに思い至ったわたしが感じたのは……達成感や充実感なんてものではなかった。

どうして気付けなかったのかという無力感。松永くんに対する敗北感。そして、朝田さんに対する罪悪感だった。

「朝田さんが視聴覚室で着替えているところを、男子たちに見られてしまう可能性があった」

この可能性を排除することこそが、松永くんが自らの成績を犠牲にしてまで行動を起こした、本当の理由。

久美子さんは嬉しそうに目を細めた。その表情は、教え子が答えに行き着いたことを喜ぶ先生のようだった。

「朝田さんが教室を出ていったのが授業終了の一、二分前くらい。そこから視聴覚室に直行して着替えを始めたとしたら、大勢の男子がそのすぐ後に……」

視聴覚室に到着していた。そして、朝田さんのあられもない姿を目撃してしまう事態に陥っていた。

「当然視聴覚室には、更衣室のような男女の仕切りなんてものはない。だから久美子さんは、視聴覚室は内側から鍵がかけられるのかどうかを聞いたんだよね？」

その後で、即座に久美子さんが自らの質問が無意味だと言い切ったのは、もし鍵がかけられるとしても、朝田さんが鍵をかける可能性がほぼゼロに等しいからだ。

　男子はバレーで体育館に直行すると思っている朝田さんが、まさか視聴覚室に男子が来るなんて思うはずがない。それに、鍵があったとしても、この後テストを終えて視聴覚室にやってくるであろうわたしのために開けておくのが普通だろう。

「視聴覚室は実験室の近くにある。朝田さんが体育の授業がテニスだと勘違いしていたのなら、そう急がなくても次の授業に間に合う算段を立てられたはず。にもかかわらず、彼女が小テスト終了のチャイムを待たずに退出したのは……」

「準備に時間がかかると思ったのか、不測の事態を予期したのか……、何にしても、集団心理がはたらいたんだろうね。女子のみんながぞろぞろと早々に退出していくもんだから、自分もそうしなきゃっていう強迫観念に駆られて、ね」

　視聴覚室に放り込まれていた体操服は、男子のものだった。でも、みんなから遅れをとり、慌てふためく朝田さんがそのことに気付くことができただろうか？　女子たちが残した体操服の袋。そういった認識しかできなかった可能性は大いにあり得る。

「わたしが一番に気付くべきだった」

「うん？」

　わたしの声は、自分でも思った以上に沈んだものだった。その異様な声色に、久美子さんが反応する。

「だってそうでしょう？　わたしが変な意地さえ張らなければ、朝田さんの勘違いに気付けて、朝田さんが傷付く事態を防げたかもしれない」

　教師の身勝手な決め事に振りまわされてたまるか。何が何でも、最後まで教室に居座ってやる。意固地なまでに、わたしはそう決意していたのだ。

「でも実際、少年がその子のことを守ったじゃないか。結果的にはバッドエンドは防がれたわけだ」

「でも、松永くんの成績と名誉は守られなかった」

「そんな大層な」

　久美子さんは鼻で笑ったが、わたしは本気でそう思っていた。みんなに小馬鹿にされて、成績まで落とすことになっても、松永くんは一人の女子のために行動を起こした。

　でも、ただ一人……ノーリスクで朝田さんを助けられる人間が、あの時の教室に一人だけいたのだ。あの時の教室で、たった一人。途中退出を許された、朝田さん以外の女子、わたしだけが……。

「わたしが朝田さんを助けるべきだった。わたしが一番に……気付くべきだった」

　落胆するわたしを、ツバサが心配そうに見やる。この子は本当に、賢い犬だ。人間の心が理解できるというのも、盲導犬としての重要な才能の一つなのかもしれない。

「……まあ、でも」

　久美子さんが遠慮気味に口を開いた。

「もしかしたらその少年は、ただ単にトイレに行きたかっただけかもしれないよ。そしてその朝田って子も、何かの理由で予定の変更を知り得ていた可能性だってあるしね」

「久美子さん、もしかして……」

　わたしは顔を上げ、久美子さんを見やる。

「わたしを慰めてくれてるの？」

「……まさか」

　久美子さんはわたしから目を背け、庭の花壇を見やる。色とりどりの花が初夏の風にそよいでいた。

「決めた。わたし明日、朝田さんに謝る」

「あんた、意外と律儀なところもあるんだねぇ」

「失礼な」

　わたしが睨みつけると、久美子さんが白い歯を見せて笑い、芋羊羹の最後の一切れを口に放り込んだ。

久美子さんとのミステリごっこで、松永くんの行動の真相に気付けた次の日。わたしはいつものように登校し、自席に教材を入れていた。

＊

右斜め前に視線を移すと、松永くんの席がある。彼はいつもみんなよりも早めに席に着いて、授業開始を待っている。わたしよりはひとりぼっちというわけではないけれど、松永くんが誰かとお喋りをしているところはあまり見たことがない。

昨日の化学の小テストでの一件。久美子さんは自らの推理を確立しつつも、一つの可能性を示唆した。

それは、松永くんが小テストの最中に席を立ったのはトイレを我慢できなかったからで、朝田さんが体育の授業に遅れなかったのはたまたま授業科目の変更を知る機会に恵まれたからだ、と。

わたしはこの一件で推理した可能性を、松永くんが本当に朝田さんを助けたのかという可能性を、確かめたくなっていた。

その上で、朝田さんにきちんと謝らなければならない。体育の授業の変更を朝田さんに教えられなかったことを。

「朝田さん」

　今日は遅刻せずにきっちりと登校してきていた朝田さんに、わたしは声を掛けた。振り返った朝田さんは無言のまま口をあんぐりと開けていた。わたしから声を掛けられるのはそんなに驚くべきことなのだろうか。

「ごめん、なんでもない」

　思わずそう言うと、朝田さんは大きく手を振る。

「えっ⁉　ちょっ、ちょっと待って！　ちょっとびっくりしただけだから！　篠崎さん、なに？　あたしに何か……」

　激しく引き留められる。まあ確かに、わたしから誰かに声を掛けるのは珍しいことだけど。

「朝田さんに聞きたいことがあるんだけど」

「なになに？　何でも聞いて！」

　ツバサよりも激しく尻尾を振る（尻尾があれば、だけど）朝田さんに、わたしは昨日のことを聞いた。

「昨日の体育、予定が変更になって、継続でバレーになったのって、どうやって知ったの？」

「ああ、それは……」

　わたしは密かに息をのむ。

「松永くんが教えてくれたんだ」

「……」

　やっぱりそうだったんだ。久美子さんの推理は合っていたのだ。嬉しさと失望で、わたしは複雑な心境になる。

「松永くん、小テストを途中退出してまであたしに教えてくれたんだ。あの後で秦野先生に呼び出されて小テスト０点にされたって聞いたし……なんだか申し訳なくて。松永くんに謝ってお礼も言ったんだけど、気にするなって言ってくれた」

　わたしが気付いてさえいれば、松永くんは成績を犠牲にする必要などなかったのに。今再び、わたしは自己嫌悪に陥る。

「あたしが前園先生に怒られないようにってためだけに……。松永くんはあんまりお喋りじゃないけど、本当は優しい人なんだよね」

「……えっ、今何て？」

　怒られないようにってためだけに？　朝田さん、もしかして気付いていない？　男子に着替えを見られたかもしれない可能性に。恥ずかしい思いをせずに済んだのは、松永くんのお陰だということに。

「あのままあたしが勘違いしたままだったら、絶対体育館まで間に合わなかった。だから松永くんは、あたしに大急ぎで教えてくれたんだ」

うーん。このままでは松永くんがあまりにも不憫だ。松永くんは自己犠牲の精神で朝田さんを助けたのに、助けられた本人がそのことに気付けていないなんて。

というわけで、わたしは朝田さんに教えてあげることにした。朝田さんが傷付いてしまっていたかもしれない可能性を。それを松永くんが阻止したという、紛れもない事実を。

朝田さんは口を半開きにしたままわたしの話を聞いていた。寝耳に水、という言葉が思い浮かぶ。

「そうか……そうだったんだ……！」

朝田さんは目を見開き、ぶつぶつと呟いている。

「そうだよ！　そうだっ！　そうだったんだ……！　あたし、全然気付かなかった！あたし……！」

いきなり大声で朝田さんが叫び出したから、クラス中の視線がわたしと朝田さんに集中する。ああ、もう……。

「声、大きい」

努めて冷静に、わたしは言い放った。

大勢のクラスの視線の中、松永くんもこちらを振り返り、様子をうかがっていた。

その数秒の後、何事もなかったかのように前に向き直る。

　わたしには松永くんの心境など、知る由もなかった。


　その日の放課後、わたしと朝田さんは、校舎裏にいた。朝田さんと一緒に行動するのは、体育の授業以外ではこれが初めてだった。そしてその場に無関係であるわたしも同席することになったのだが……わたしはどんな顔をしてこの場にいればいいのだろう。

　朝田さんが松永くんを呼び出したその理由は、今一度松永くんにお礼を言うためである。男子からあられもない姿を見られてしまう事態を防いでくれた、そのお礼を言うのだという。

　一度お礼を言ったのだからそれでいいのではないかというわたしの意見は退けられ、そしてなぜかわたしも一緒に校舎裏に来てほしい、と朝田さんに言われた。

「篠崎さんのお陰で気付けたんだから、一緒に来てほしいんだ」

　という謎理論を展開され、わたしは今、朝田さんに半ば強引に校舎裏に連れてこられたのだった。

　まあでも、今回の久美子さんとのミステリごっこの賭けで、わたしは負けた。久美子さんとの約束で、わたしは松永くんに声を掛けなければならない。その約束を果たせるという点においては、わたしとしても都合が良かったと言える。というわけで、松永くんの呼び出しは任せてもらうことにした。

「ねえ、松永くん。部活前、ちょっと時間ある？」

わたしが教室でそう声を掛けると、松永くんは目を皿のように丸くしていた。わたしが教室で朝田さんに声を掛けた時もそうだったけれど、わたしが無愛想な女だからってそんなに驚かなくてもいいでしょうに。胸中だけで、そうぼやいた。

でもこれで、久美子さんとの約束は守ることができた。大した会話をしたわけではないけれど、とりあえず声を掛けたのだから良しとしよう。

そして、校舎裏で待つこと三分ほど。部活の荷物一式を持った松永くんが到着した。その様子は少し沈んでいるというか、うんざりしたような感じだった。

「朝田と篠崎って、仲良かったんだな」

荷物を地面に下ろしながら、松永くんは言った。

「うん、あたしたち友達だから」

えっ、そうなの？　わたしは思わず朝田さんの方を見たけれど、その表情は冗談を言っているようには見えなかった。

「あたし、松永くんに改めて言いたいことがあって……」

視線を落としながら朝田さんはそう言った。

その姿は、告白をためらう恋する女子のそれに見えなくもなかった。わたしがこの場にいるのも、朝田さんが一人で告白するのが怖いから付き添いで来てあげた友達……と松永くんに捉えられても無理もないかもしれない。

松永くんが辟易しているような様子なのも、朝田さんから告白されると勘違いしているからなのかもしれない。こういったケースを、松永くんは何度も経験している可能性がある。

実際、松永くんは異性から好意を寄せられやすい人と言われても納得できる。寡黙だけど落ち着いた印象を受けるし、背が高く、スポーツもできる。

「あのね、松永くん……」

朝田さんは顔を真っ赤にしながら、松永くんを呼び出した理由を説明した。昨日の体育の授業の件で、松永くんが朝田さんを守ってくれたことを。一度お礼は言ったけれど、また別の可能性をわたしから教えられたことを。

「なるほど。今朝の絶叫はこの件だったのか。……やっぱり気付いてなかったんだな。視聴覚室で、そうなってたかもってこと」

やはり松永くんは気付いていたのだ。朝田さんの着替えを男子たちに見られていた可能性に。

「その、改めて、ごめん。小テスト、0点になったんだよね」

こちらが気を使ってしまうほどに、朝田さんは落胆していた。

「あー、これでもし俺が内申点で志望校落ちたら、朝田のせいになっちゃうなぁー」

「……な、何て言えばいいか……。ほんとに、ごめんなさい」

「いや、冗談だって。真に受けんなよ……」

ああ、これはアレだ。普段冗談を言わない人がたまに冗談を言っても、周囲がそれを冗談だと受け取ってくれないパターンだ。わたしも前の学校で何度か経験していたから、すごくよくわかる。

なんだか可笑しくなって、わたしはくつくつと笑っていた。物珍しいもののように、朝田さんと松永くんがわたしを見る。

「こういう時はさ、ごめんじゃなくて、ありがとうって言ってあげた方が、松永くんも喜ぶと思うよ」

二人が可哀想になってきたので、わたしは助け舟を出してあげた。朝田さんは神妙な面持ちで頷くと、松永くんに向き直った。

「松永くん、ありがとう」

朝田さんは松永くんに、二度目となるお礼の言葉を述べた。

「おう」

松永くんは、そう短く答えた。

「まあ、そもそもこれは俺のミスでもあるんだ。俺が普通にトイレに行くって言ってれば、秦野先生も途中退出を許してくれただろうし、小テストが0点になることもなかった」

「で、でも……」

「俺が焦って勝手に自滅しただけだよ。別に朝田が気にすることじゃない」

「今からでも秦野先生に事情を説明しなくていいの？　小テストの点数、取り戻せるかもしれないよ？」

松永くんの返答はある程度予想できたけれど、わたしは一応聞いてみることにした。

「もういいよ。面倒くさいし」

そう言って、松永くんは少しだけ笑った。

自らの功績を自慢げに誇示しない。松永くんの人柄を今更ながら思い出したわたしは、その本人の目の前でため息をついた。

それでも、悪い気分にはならなかった。人の善意を目の当たりにしたことと、謎が明かされたことに、わたしは満足していたのだった。

「朝田さん、実はわたしも謝らなきゃいけないことがあるんだけど」

松永くんが部活へと向かった後、わたしたちは教室へ鞄を取りに、来た道を引き返していた。その道中にわたしはそう切り出した。

「えっ？」

まるで意外なことだったのだろう。朝田さんは素っ頓狂な声を上げたけれど、わたしはかまわず、謝らなければならない理由を説明した。本来ならばわたしが一番に気付くべきだったのに、くだらない意地が邪魔をして、朝田さんに何もしてあげられなかったことを。

わたしが説明を終えると、朝田さんは激しく首を振った。

「そんなの全然いいよ！　気にしないで！」

「……うん」

「そんなことより……」

「……」

「あたし、ずっとすごいなって思ってたんだ、篠崎さんのこと。前園先生の無理強いを聞かずに、いつもゆっくり体操服に着替えてたでしょ？　何度嫌味言われても、篠崎さんだけは自分のペースで授業に間に合わせてた」

「別にすごくはないと思うけど」

わたしのその言葉に、朝田さんはまた首を横に振った。

「今度からあたしも、篠崎さんみたいに、前園先生の五分前集合守らないことにする！

あたしも篠崎さんと一緒に怒られるよ！　体育の授業前、一緒にゆっくり着替えて、一緒にトイレ行こ？　絶対だよ！」

朝田さんの気迫に、わたしは苦笑いを返すしかなかった。別に好きにすればいいとは思うけど、トイレは一人で行きたいかなと、一応朝田さんには言っておいた。

＊

なんやかんやと色々ありつつも、わたしと朝田さんは友達同士となった。友達同士になったついでに、わたしは朝田さんに一つのお願いをした。最初はそのお願いに渋い顔をした朝田さんだったけれど、篠崎さんの頼みなら、と、なんとか承諾してくれた。

そのお願いとは、久美子さんにとある質問をしてもらうこと。そのために、わたしと朝田さんは久美子さんの家に向かっている。

朝田さんは、わたしが死神の家に出入りしていることを学校の噂で知っている。その家の主に一緒に会ってほしい、わたしからそう言われた朝田さんは、不安で顔を強張らせていた。

死神の家に到着。わたしにとっては馴染みのある家だけれど、朝田さんはかなり緊張しているようだ。

「……あれっ」

　朝田さんが花壇の方を見やり、声を上げた。花壇の花は、菜の花からガーベラに植えかえられている。

「すごい！　青いバラだよ！　篠崎さん！」

　鮮やかな赤のガーベラの花。そのたくさんのガーベラの中に一輪、場違いなように咲く青いバラ。久美子さんの変わった趣味によって植えられた、枯れることのない花だ。

「それ、造花だよ」

「えっ、そうなの？　でも、綺麗だね」

　驚いたのも束の間、朝田さんはその青いバラの造花の可憐さを認め、うっとりとした目になる。そうやってすぐに色んなことを受け入れられるのは、朝田さんの良いところと言えるのかもしれない。

「青いバラの花言葉、知ってる？」

　死神の家に来ていることを忘れ、朝田さんはそう語り出した。どうやら花が好きなようだ。

「元々青いバラは存在しない花で、だから、『不可能』っていう花言葉だったんだ。

でも遺伝子組み換えの技術が発達して、人間は青いバラを生み出すことができるようになった。それから青いバラの花言葉は『夢かなう』になったんだよ」

夢かなう、ねぇ。その時のわたしには、あまり久美子さんには似つかわしくない言葉だと思えた。

「素敵だね」

朝田さんの笑顔に、わたしは曖昧に頷く。

チャイムを鳴らすと、数秒後、がちゃりと玄関扉が開いた。久美子さんは無言のまわたしたちを招き入れてくれた。久美子さんには、友達を連れてくることは伝えてある。

わたしを迎えてくれるためだろう、久美子さんと一緒にツバサも玄関まで来てくれた。ツバサは朝田さんの存在を確認すると、振りまわしていた尻尾を止めて、少しだけ警戒モードになった。

未知の来訪者に驚いたのだろう。わたしはツバサの警戒心を解くために、朝田さんの腕にぎゅっと組み付いた。

「えっ、ちょっ……」

朝田さんが照れ臭そうに声を上げる。わたしと朝田さんが親しい仲だと認識したツバサが、しっぽを振り直してわたしたちを歓迎してくれた。この子は本当に、頭が良い。

久美子さんが紅茶とお茶請けの塩豆大福を運んできてくれても、朝田さんはずっと緊張したままだった。手を膝の上でもじもじとさせて、久美子さんの様子をちらちらとうかがっている。

「あのね、久美子さん。朝田さんが久美子さんに、聞きたいことがあるんだって」

このままでは埒が明かない。そう思ったわたしは、強引に切り出した。慌てふためく朝田さんに申し訳なさが込み上げるが、約束は約束だ。

久美子さんに、とある質問をしてほしい。友達として、その約束はちゃんと果たしてもらわなくては。

「へぇ、一体なんだい？」

心底不思議そうに久美子さんが聞いた。わたしは朝田さんに目を合わせて、強く頷いてみせる。

やっと朝田さんは、恐る恐る口を開いた。

「……ど、どうしておばあさんは……みんなから死神と呼ばれているんですか？」

その質問を聞いた途端、久美子さんがわたしの方を向いた。この子に一体、何を吹き込んだんだい？　そんな問いが聞こえてくるようだった。わたしはわざとあらぬ方向を向いて、知らぬ存ぜぬ振りをした。

久美子さんは盛大にため息をつくと、一息に、朝田さんの質問に答える。

「あたしは盲導犬を引退した犬の飼育ボランティアをやっている。引き取る犬が老犬で、少し弱った犬ばかりを飼っているから、ご近所さんはあたしのことを犬を虐待する死神だと勘違いするのさ。これでいいかい?」

最後の問いは、わたしに対するものだったのだろう。

わたしはにやりと笑って、久美子さんに応えた。

おばあさんはどうして死神と呼ばれているのか。今後誰かからその質問をされたなら、ちゃんとその理由を説明すること。それはわたしが、久美子さんとツバサの謎を解いた時に、久美子さんと約束したことだった。

「そうなんですね！　そんなボランティアを……！　すごいです！　ほんとに素晴らしいと思います！」

褒めそやす朝田さんの言葉に、居心地悪そうに反応する久美子さんがなんとも可愛らしい。わたしは両手で口を押さえながら、くつくつと笑いを堪えていた。

第三章　迷子の女の子

「こんにちは、ツバサ」

朝田さんがツバサに話しかけると、ツバサは口を大きく広げ、その声に応えた。元々人懐っこいこともあり、ツバサはすっかり朝田さんに慣れたようだ。

わたしたちは靴を脱いで玄関を上がり、久美子さんの言いつけ通り、洗面所で手洗いとうがいを済ませる。習慣となった一連の動作を手早く終わらせて、テーブル席に着いた。

わたしの隣に座る、いつも少しだけ騒がしい女の子、朝田美由紀(みゆき)。先日の体育の着替えの一件を機に親密になったわたしたちは、放課後にこうして死神の家にお邪魔することが習慣となったのだった。朝田さんもどうやら部活には入っていないらしく、わたしと同じように暇を持て余していたらしい。

わたしと朝田さん、この家の主である久美子さん、そしてツバサ。三人と一匹、この妙な組み合わせの集いは、わたしにとっての憩(いこ)いの場だった。

久美子さんは文庫本を読み、わたしはスマホをいじり、朝田さんはひたすら喋って合間に茶菓子を食べる。そしてそのそばで、ツバサが行儀よく座っている。朝田さんは、久美子さんの出してくれるお茶請けがえらく気に入った様子で、毎回今日のおやつはなんだろうと楽しみにしていた。

朝田さんは基本的に話を無視されてもそのまま喋り続けているので、わたしは半分以上聞き流している。友達の対応としては間違っているかもしれないけれど、朝田さんはそれでもかまわないと言ってくれた。大事な話をする時はちゃんとその時に言う、だそうだ。

それぞれの個人プレーによって形作られる、ある意味異様なこの空間は、しかし他者に気を使うことを嫌うわたしにとっては、心地良い空間となっていた。

いつのまにか朝田さんは、わたしのことを楓という名前から「かえちゃん」と呼ぶようになっていた。アダ名で呼ばれたことのないわたしは、それなりに違和感を覚えた。かえちゃん、と呼ばれるたびになんだかこそばゆい気持ちになるけれど、嫌なわけではなかったので拒否はしなかった。

そして久美子さんは、朝田さんのことを、おっちょこちょいからとって「ちょこちゃん」と命名した。わたしの呼び名は何もないのか、と久美子さんに聞いてみた。あんたはあんただよ、と予想通りの返答。ほんとにこの人は、捻くれている。

二年二組の教室でも、わたしと朝田さんが友達同士になったことがみんなに認知されつつあった。といっても、スクールカーストの下位の下位。あぶれ者同士がくっついたところで、みんなにとってはどうでもいいことなのだろうけど。

「かえちゃん、今日さ、クレープ屋さんに行かない？　最近新しくできた店があってさ、すっごく美味しいらしいよ！」

　六限目の授業を終えたすぐ、朝田さんが嬉しそうに誘ってきた。

「でも朝田さん、昨日スマホを久美子さんの家に忘れてきたんじゃないの？　今日取りに行かなくてもいいの？」

「いいよ別に、一日くらい。また明日久美子さんちに遊びに行けばいいだけだし」

「そう？　朝田さんがいいんなら、別にいいけど」

　今日の放課後に限り、久美子さんが淹れてくれる紅茶と茶菓子がクレープに変わる。久美子さんとツバサに会えないのは少し残念ではあるけれど、会おうと思えばいつでも会えるので、一日だけ顔を合わせなくてもどうということはない。まあ、お小遣いが減るのは少し痛いところではあるけれど。

「そうだ！　今日木曜だから、部活お休みだ！　松永くんも誘ってみようよ！」

「えっ」

　わたしは思わず聞き返してしまう。が、わたしの戸惑いなどかまうことなく、朝田さんは松永くんの席へと足を向けていた。

　朝田さんが松永くんに声を掛ける。その数秒後、朝田さんがわたしに向かって声を上げた。

「松永くん、いいって！」

わお。これはびっくりだ。朝田さんが松永くんを誘ったのもそうだけど、松永くんがその誘いを受けたことにも驚いた。

驚いたのはわたしだけではなかったようだ。どうやら周囲の子たちもその様子を見ていたらしく、みんな揃って意外そうな表情をしていた。

その中で特に反応が顕著だったのが、女子のリーダー格の末岡さんだった。末岡さんは陸上部なので、少なからず松永くんと繋がりがあるのは、クラスの人間関係に疎いわたしでも知っていた。

末岡さんの表情には、不穏な雰囲気があった。わたしと朝田さんのことを疎ましく思っているような、そんな表情。末岡さんは松永くんに好意を抱いているという噂があるらしいけれど、もしかしたらそのことが関係しているのかもしれない。

これが要らぬ争いの種にならなければいいのだけれど。一抹の不安を胸に、わたしは自席から立ち上がった。

放課後、わたしと朝田さん、そして松永くんの三人で、目的のクレープ屋さんのある繁華街を目指すべく、学校の最寄駅から電車に乗り込んだ。

友達と電車に乗るなんていつぶりだろうか。半年以上は前だろうか。我ながらなんと寂しい青春を送っているのだろう。自己嫌悪に陥る。

その寂寥を払拭するように、朝田さんがわたしを誘ってくれたのだ。一人の男子生徒と一緒に。

松永蒼太。わたしたちのクラスメイトであり、陸上部のエース。わたしはもちろんのこと、朝田さんも松永くんと親しい間柄とは言えないはず。それなのに、朝田さんは松永くんを誘うという意外な行動に出たわけだけれど……。

「松永くん、甘いもの好きなの？」

「ん、まあ、好きな方かな」

二人の会話に入る勇気がなくて、わたしは無言のまま電車に揺られていた。まあ、松永くんもわたしと一緒でお喋りなタイプではないので、いずれ朝田さんのペースについていけなくなるはずだ。その話の半分以上を聞き流すようになるだろう。

これは別に意地悪な予想ではなく、わたしと松永くんが同じタイプの人間であるという事実に基づく予想だ。

久美子さんはわたしと松永くんは似ていると言い、それをわたしは認めてはいなかったけれど、でもやっぱり、同族の匂いは隠しきれるものではない。親近感とまでは言えないけれど、少なくともわたしは松永くんに嫌悪感は抱いてはいなかった。全般的に人のことを、特に異性を苦手とするわたしにとっては、それなりに珍しいことだった。

目的の繁華街の駅まであと二駅まで近付いたところ。ずっと喋りっぱなしだった朝田さんの声が、ピタリと止んだ。その視線が車両の奥の方へ向けられている。一体何事かと、わたしはその視線を追った。

制服を着て、ランドセルを背負った女の子グループが、立ち話に興じていた。そのうちの一人、車両の連結部分の近くに立ったお下げ髪の女の子だけが他の子とは異なり、隣の車両の座席の一点を見つめて険しい顔をしている。かと思うと、そわそわしながら自分の手元をじっと見つめている。

電車がゆっくりと速度を落とし、駅に停車した。わたしたちの目的地である繁華街の一駅手前、ビジネス街のある駅だった。

スーツを着た人たちがぞろぞろと電車を降りていく。その大きな流れにのまれるように、周囲の同級生たちを電車の中に置いて、お下げ髪の女の子だけが電車を降りた。あっ、と朝田さんが思わず声を上げる。その声に反応し、松永くんも朝田さんの異変に気付いたようだ。朝田さんの視線を追い、女の子を確認する。

「降りよう！」

朝田さんは突然そう言って、電車を飛び降りた。駅のホームで立ち止まったまま、心配そうにその女の子を凝視している。何がなんだかよくわからないまま、わたしも朝田さんを追うように電車を降りた。

「なんだなんだ？」

松永くんは不審そうにしながらも、慌てて電車の扉をくぐる。目的地の一駅手前で三人揃って下車。予想外の展開に、わたしと松永くんは戸惑っていた。

朝田さんは、相変わらずホームに降りた女の子を見ていた。知り合いだろうか。わたしはその女の子を観察した。

着ている制服、背格好からして、小学生。おそらく低学年。学校を終えて家に帰る途中だろう。小学生の電車通学なんて珍しくもなんともないが……。

その女の子には明らかに不自然な点があった。それはその子が降りた駅がビジネス街だったこと。しかも周囲の同級生を置いて、一人で下車したこと。そして……。

明らかに挙動がおかしい。周囲をきょろきょろと見回し、何かを警戒しているような、探しているような素振り。その表情には焦燥感が見てとれる。

「変質者がいるんだ！　きっと！」

朝田さんはそう言い切る。おい、と松永くんの声が響いた。朝田さんはかまわずに、女の子のそばに駆け寄った。

わたしと松永くんは顔を見合わせた。

「朝田って、いつもああなのか？」

「さあ、知らない。友達になったの最近だから」

「……」

とりあえずわたしたちは、朝田さんのあとを追った。

朝田さんは女の子の顔を覗き込むように、膝に手をついていた。

駆け寄ったわたしと松永くんは、その様子を見守る。

「どうしたの？　大丈夫？　変な人がいたの？」

朝田さんは優しく話しかけている。けれど女の子は朝田さんにはかまわず、忙しなく視線を動かしている。朝田さんの言う通り、誰かを警戒しているように見えなくもない。

突然、女の子が地面を蹴った。複数ある改札へのエスカレーター。その中の一つ、中央のエスカレーターに向かって全速力で走り出したのだ。わたしは周囲を見回したけれど、怪しい人物は確認できなかった。

「行こう！　あの子を守ってあげなきゃ！」

正義感に駆られた朝田さんが女の子のあとを追う。

電車の中でも誰かを警戒していた様子だったし、この人の多いホームにあの子を狙う人物が下車していてもおかしくない。

車内とホームにいた半数以上がスーツを着た男性サラリーマンだった。あの中に変質者が？

わたしと松永くんは同時に足を動かしていた。女の子を追う朝田さんを追って、中央のエスカレーターの方へと向かう。


ランドセルの側面から伸びるスプリンググロープの先端。そこに取り付けられたＩＣの定期券を改札に素早くタッチして、女の子は駅の外に出た。

目的地の一駅手前だけれど、まあ仕方がない。わたしたち三人も切符を改札に投入して、引き続き女の子のあとを追う。

女の子は駅を出るときょろきょろと周囲を見回し始めた。高層ビルと飲食店。銀行や、ちょっとした商業施設。車道にはタクシーやバスが行き交い、歩道にはパリッとした服装の大人たちがしゃかしゃかと歩く。ここは高校生や小学生には不似合いなビジネス街。

繁華街でクレープを食べて帰るだけだったのに、どうしてこんなところに……。

「なんか予想外の展開、って感じだなぁ。まさかこんなことになるなんて」

松永くんも同じことを思っていたらしい。

「なんか、ごめん」

なぜかわたしが謝っていた。

「まあ、事情が事情だしな。朝田の行動は理解できるよ」

ふっ、と笑いながら松永くんは言った。わたしとしても、小さな子のためになることなら、自分の時間を潰されても悪い気はしない。

小さな子を狙う犯罪の報道はニュースでも頻繁に聞く。その可能性が少しでもあるのなら、わたしも朝田さんに付き合ってあげるのもやぶさかではないけれど……。

ビジネス街の歩道に佇むその渦中の女の子は……相変わらずわたしたちに助けを求めるような素振りは見せず、何かを探すようにあちこちに目をやっていた。

声を掛け続ける朝田さんの努力も虚しく、どうやらわたしたちは、この子にとって頼りがいのある人物たることができていないらしい。

まあ、この子からしてみれば、わたしたちは初対面の知らない人間なわけで、知らない人間をすぐに信頼しろというのも無理な話ではある。

この子のそばにいてあげることが、変質者に対する抑止力になる。わたしたちの役割は、それだけでいいはずだ。

ふと、女の子の視線が一点で止まり、そしてこちらに振り返る。その瞳には、助けを求めるような、そんなか弱い光を宿していた。

「心配しなくていいよ。あたしたちが守ってあげるから！」

朝田さんがそう声を掛けてあげると、女の子は意を決したような表情になる。唐突に歩き出し、横断歩道を渡りだした。

「あれ？　どこ行くの⁉」

信号が点滅を始める。わたしたちは慌ててあとを追った。

グレー、白、ベージュ、茶。派手すぎない、質素な色で構成された建物の数々。テナントビルが建ち並ぶこの辺りは、歩いても歩いても大きく風景が変わることがない。目印になるものといえば、全国チェーンの飲食店がところどころあるくらいだろうか。

わたしたちには縁遠いビジネス街を、わたしと朝田さん、そして松永くんの三人は、先程会ったばかりの小学生を先頭に、てくてくと歩いている。

朝田さんがめげずに何度も女の子に話しかけても、何も情報を聞き出すことはできない。変質者に追われているのか、そんな事実は全くないのか。そんなことすら、女の子は教えてくれなかった。

女の子は、目的地を目指して歩いている様子だった。周囲に怪しい人物は見受けられなかったし、もうわたしたちがこの子の面倒を見る必要はないのではないか。わたしたち三人で、そう話し合いがなされた。

ところが、わたしたちが足を止め、駅への道を引き返そうとすると……女の子は振り返り、すがるような目でこちらを見るのだ。さっきまでは、手を差し伸べようとする朝田さんのことすら無視していたのにもかかわらず。

わたしたちが女の子を見つめ返すと、彼女は再び前を向き、歩き始めた。

もう少しあの子に付き合ってあげよう、と、朝田さんはわたしと松永くんに提案した。

「かえちゃんと松永くんがよければだけど……。また今度、クレープ食べに行こうよ」

照れ臭そうに朝田さんは言った。わたしは無言のまま、こくりと頷いた。

「俺、部活のない木曜日しか行けないけど、それでよければ」

鼻をぽりぽりと掻きながら、松永くんは言った。


代わり映えしない街並み。わたしたち三人と一人の小学生の女の子が、ビジネスマンの中に交じって歩道を歩く。

時折こちらに振り返るその子は、わたしたちがちゃんとついてきてくれているかを確認しているようにも見えた。その不安そうな視線に応えるように、朝田さんは女の子の横にぴったりとくっついて、にこりと笑ってみせた。

「どうして朝田さんは、クラスでずっとひとりぼっちだったんだろう」

純粋な疑問が、わたしの口をついて出た。文系理系の選択で仲の良い子と離れてしまったという事実があったとしても、あんなに優しくて、お喋りで、人懐っこい朝田さんが、クラスでわたしとしか仲良くなれない理由が思い当たらない。

「……そりゃ、あいつが不器用だからだろ」

その疑問に、松永くんがぼそりと答える。わたしから聞かれたと思ったのかもしれない。

「篠崎は転校してきたから知らないだろうけど、クラス替え直後ってさ、グループとか派閥の形成で、みんなの間で牽制し合いが始まるだろ？　そういうのが苦手だから、置いてけぼりくらったんだろ」

うーん、なるほど。朝田さんと仲が良いわけでもないのに、松永くん、ちゃんと朝田さんのこと見てあげてるんだなぁ。わたしは感心してしまう。

いや、だからこそ、だ。だからこそ、松永くんはあの事実に気付けたのだ。少し前の体育の授業の一件。朝田さんをトラブルから守った松永くんの行動は、こういった人を気にかけてあげられる性分があってこそ、なのだ。

あの時の松永くんに対する敗北感、劣等感を思い出したわたしは、無意識に奥歯を噛み締めていた。

「な、なんだよ」

少し怯えたように身を引く松永くん。どうやらわたしの表情は、知らないうちに険しくなっていたらしい。

「……別に」

ちょっとぶっきらぼうに、わたしは答えてしまった。

女の子の足がぴたりと止まった。確認するように、大きなビルを見上げている。そのビルは全国的にも有名な、とあるメーカーの本社ビルだった。

ホクヨウビール。酒類業界で五本の指には確実に入る、大手の会社。テレビをつければ頻繁に目にするそのロゴマークは、一度は誰もが見たことがあるだろう。

水色の水平線に浮かぶ、赤い線で描かれた大きな太陽。その印象的なロゴマークは、この本社ビルの最上階の壁面、四面全てに描かれていた。

これだけ大きなビルなら、わたしたちの下車した駅からでもロゴマークを目視で確認できるだろう。それだけ高く、立派な自社ビルだった。

「ここに用事があるの？」

朝田さんが女の子に聞いた。女の子は首を少し動かしたけれど、それが縦に振っているのか横に振っているのかわからない。手をもじもじとさせて、朝田さんの目をじっと見つめている。

「まあ、目的地に無事辿り着けたんなら良かったんじゃない？」

わたしのその言葉に、松永くんが同意する。

「そうだな。一体何の用事かはわかんないけど」

普通に考えれば、小学生がこんな大手メーカーに用事なんてあるわけがない。あるとすれば、お父さんかお母さんに忘れ物を届けに来た、とか？　でも今は午後の五時を過ぎている。朝の早い時間ならともかく、この時間に忘れ物を届けに来たというのも不自然か。

このビルに一体何の用があるのか。わたしたちが聞いてみたところで、教えてはくれないだろう。出会ってから数十分ほどが経過したけれど、わたしたちはこの子の声を一度も聞いていない。

「まあ、危険な目に遭っていないんだったら一安心だね。かえちゃん、松永くん、ごめんね。あたしのわがままでここまで付き合わせちゃって。じゃあ、あたしたちはこれで」

朝田さんが踵を返し、駅までの道を引き返そうとした瞬間。

「あっ……」

女の子が短く声を上げた。そして……。

「えっ」

朝田さんは驚きで目を丸くしていた。わたしも、おそらく松永くんにとっても、女の子の行動は予想外のものだった。

女の子は朝田さんの手を遠慮気味に掴んでいた。その行動は、どう見ても朝田さんを引き留めているようにしか見えなかった。


その小学生の女の子の名前は、テシガワラサキちゃんというらしい。ランドセルの側面、スプリングロープで繋がれたＩＣ定期券にそう打たれていたことから名前が判明した。

ちょっと珍しい苗字。カタカナ表記なのでどういう漢字かはわからない。テシガワラの『ガワラ』は『河原』とかだろうか。

その定期券の区間は、さきちゃんが通う名門小学校の最寄駅から、わたしたちの本来の目的地であった繁華街より、さらに二駅を過ぎた駅までだった。おそらくはその駅が、さきちゃんの家がある駅なのだろう。

つまりさきちゃんは、学校を終えた帰り道、通学区間の途中で下車したことになる。一体何のためかは……教えてくれそうにない。さきちゃんは引っ込み思案な性格なのか、朝田さんにすら返事をしてくれないのだから。

わたしと朝田さんと松永くん、そしておそらくはこのビルに用があると思われる小学生の女の子、さきちゃん。この妙なとりあわせの四人は、本来なら全員が全く無縁なはずの大企業の本社ビルの前にいた。

全国的に有名な酒類メーカー、ホクヨウビール。その立派な本社ビルの大きな正門前。さきちゃんを除くわたしたち三人は、わけもわからぬまま、さきちゃんを見守っているというわけだ。

「けどさ、小学生にしては帰りが遅くないかな？　もう五時過ぎちゃってるけど」

率直な疑問が、わたしの口をついて出た。

「あの制服、隣町の私立小学校のだろ？　色々あって帰りが遅くなったのかもな。それに近所の学校に通ってるわけじゃないから、電車通学で下校に時間もかかるし」

わたしの疑問に、松永くんが簡潔に答えてくれた。

朝田さんが懸命にさきちゃんの相手をしてくれている。わたしと松永くんは、少し離れたところからその様子を眺めていた。

「松永くん、あの子どう思う？」

わたしは松永くんに聞いてみた。けれど、わたしの質問はひどく曖昧なものになってしまい、松永くんは少し戸惑っていた。

「どう思う、って……」

松永くんは少し迷った後で、自らの考えを述べてくれた。

「行動……っていうか、素振り？　が、あまりにも不自然すぎる」

わたしはわずかに顎を引き、松永くんの意見に同意した。

「最初は朝田が、大丈夫かって声を掛けてやってたのに、全くかまう様子がなかった。朝田の言う通り変質者に狙われてたなら、俺たちのことを頼ってもよさそうだったのに。でも今は……」

そこで一旦言葉を区切り、松永くんは朝田さんとさきちゃんの方を見やった。

「今は俺たちのことを、正確には朝田のことを、頼りにしている」

「うん。わたしと松永くんじゃ、子どもの相手は難しいもんね」

「……」

松永くんは目を細め、わたしを睨んだ。

「そうだな。俺たちには無理だ」

不服そうに認める松永くんがなんだかおかしくて、わたしは少し笑った。松永くんが口を尖らせて軽く拗ね出したので、わたしは話を本筋に戻すことにする。

「そしてその後で、あの子は自力でこのビルに辿り着いた」

ん、と短く松永くんが答える。

「あの子はこのビルまでの道のりを知っていた。ってことは、このビルに一度来たことがあったんだろうな。父親か母親がここで働いているのかも。それか、社会科見学で来たことがあるとか……」

「来たことがある事実があっても、今、さきちゃんがこのビルに来た目的はわからないままだね」

「そうだな。どうして今なのか……って、なんで篠崎はあの子の名前を知ってるんだ？」

「なんでって、ランドセルにぶら下がってる定期券に名前が書いてあったから」

「ああ、なるほどな……。で、そのさきちゃんがもし親に忘れ物を届けに来たんなら、朝早くとかになるはずだろうにな」

わたしと全く同じ考えに松永くんが思い至ったことが、わたしにとっては妙に気持ちがよかった。

「しかも、あの子の様子もおかしい。電車の車内、駅のホーム、改札、ずっと慌てた感じだった。俺たちのことも無視。かと思ったら、ここまですたすたと目的地に到着。そしていきなり朝田を頼りにしだした。全てが不自然だ」

わたしは松永くんの頭の良さに感心していた。今までの経緯をわかりやすく、端的に整理して言葉にできている。

久美子さんとのミステリごっこを思い出す。今わたしの目の前にいる松永くんの謎の行動の意図を久美子さんと推理した時、同じように舌を巻いた覚えがある。

「松永くん、頭良いね」

ふっ、と、松永くんは鼻で笑った。

「別に、そんな。本読むの、好きなんだ。ミステリとか、そういうの。だからかな」

そういえば、学校の休み時間に松永くんが本を広げているところを見たことがある。ミステリ好きには、物事の真相を見抜く力に秀でている人が多いのだろうか。松永くんが朝田さんを助けた一件でも、その力は存分に発揮されたわけだし。

「そうなんだ。わたし、ミステリ好きな人、他にも知ってるよ」

彫りの深い顔。しゃんと伸びた背筋。卑屈で、捻くれた、心優しいおばあさん。この町に来たわたしが初めてまともに関わった、死神と呼ばれているおばあさん。

「朝田のことか？」

わたしは首を振った。

「へぇ、篠崎って、朝田以外に友達いるんだな」

そう言った途端、松永くんは顔をしかめた。

「……ああ、その、すまん」

松永くんの表情は、罪悪感に歪んでいた。なんと律儀な人だろう。

気にしていない。そうわかってほしくて、わたしはまた首を振った。

「松永くんも、誰かと関わったりするの、あまり好きじゃない？」

意趣返しといってはなんだけど、わたしはちょっと松永くんのことを聞いてみることにした。

「俺は……」

松永くんは低く唸り、少し考え込んでいた。気分を害している様子はない。わたしはちょっとだけ安堵する。

「一人でいるのが楽なんだよな。人に気ぃ使うのとか好きじゃないし。俺が陸上やってるのも……」

そこで松永くんは、はっとした表情になる。わたしは首を傾げてみせたけれど、松永くんはかまわず続けた。

「陸上でいい成績残せてたら、そういうキャラ付けになるだろ？　陸上の松永、みたいな。そういうのが居心地が良いんだよな。無視されるわけでもなく、それでいて、一人でいることが許される、みたいな」

ふむ。松永くんの言いたいことが、わたしにはなんとなく理解できた。

「スポーツやってるヤツとか、陸上部の後輩とか、話しかけられること自体は嫌いじゃないんだ。俺は……」

少し間を空けて、松永くんは静かに言った。

「一人は好きだけど、別に孤独が好きなわけじゃないんだよな」

その言葉を聞いた瞬間、わたしは頭の中にわずかな電流が走った感覚に陥る。その感覚は嫌悪感ではなく、霧が晴れるような、そんな気分にさせられた。

「俺、何喋ってんだろうな。こんなこと誰にも話したことないのに」

少し照れ臭そうに松永くんは笑った。羞恥心を誤魔化すような、そんな笑いだった。

「多分、わたしと松永くんが同類だからじゃないかな」

わたしは率直な意見を述べた。松永くんは目を細めて、軽く頷く。

「そうかもな」

一人は好きだけど、孤独が好きなわけじゃない。その言葉は、わたしの心の奥底に深く刻み込まれた。

その言葉は、そう、わたしという人間を端的に表現するには、あまりにもぴったりな言葉だったから。


寡黙なもの同士、わたしと松永くんは妙な距離感を保ちつつ、ぼそりぼそりと会話を続けた。

朝田さんは相変わらず、さきちゃんの相手をしていた。さきちゃんはずっと黙り込んだままだったけれど、朝田さんはそんなさきちゃんのことなどおかまいなしに、ずっと喋っている。

これも朝田さんの一つの才能なんだろうなとわたしは思った。自分の思ったこと、感じたことを、ひたすら誰かに話し続ける。さきちゃんは朝田さんの言うことに何一つ答えなかったけれど、その表情は最初と比べて警戒心が薄れてきているようだった。

突然、スマホの着信音が鳴った。松永くんは自分のポケットに手を当てた。わたしも鞄の中のスマホを確認する。わたしと松永くんは顔を見合わせ、自分ではない、と無言のまま否定した。

朝田さんも慌てて自分の鞄の中を確認しようとしていたけれど、その必要はないだろう。朝田さんのスマホは今、久美子さんの家にあるのだから。

わたしは朝田さんにツッコミを入れようとしたけれど、さきちゃんの動揺が尋常ではなかったのでその言葉を飲み込んでしまった。

さきちゃんはランドセルを肩から下ろし、中にあるスマホを取り出そうとして……手を滑らせて、ランドセルの中身の半分ほどが、盛大にこぼれ落ちてしまっていた。ノートや教科書が数冊、アスファルトにぶちまけられている。それでもさきちゃんは、そんなこと意に介さず、ランドセルの中からスマホを見つけて素早く電話に出た。

わたしと松永くんもさきちゃんのもとに近付き、様子を見守る。

さきちゃんのスマホから、女性の声が聞こえた。電話口から漏れる声は少し荒れていた。おそらく、さきちゃんのお母さんだろう。

時刻は午後六時前。さきちゃんのお母さんは、未だに帰ってこない娘を心配しているのかもしれない。

　その時だった。さきちゃんは突然、電話の通話口に対して声を張り上げた。

「……あーちゃん、あーちゃんの家にいる！」

　それが、わたしたちが初めてまともに聞いたさきちゃんの声だった。そしてその言葉は、嘘偽りであることが即座にわかるものだった。この場にいる三人、わたしと朝田さん、そして松永くんにとっては。ここはあーちゃんの家ではない。というか、わたしたちがいるこの場は、誰かさんの家ですらなかった。

　ここはビジネス街の真っ只中、大企業、ホクヨウビールの本社正門前。単調で清潔感のある色が辺りを包む、生活感のかけらもない場所。

　朝田さんは訳がわからないといった風に不安そうに顔を歪め、松永くんは精悍で生真面目な顔をさきちゃんに向けていた。松永くんのその表情は、わたしには、さきちゃんの意図を察しようと思考を巡らせているように見えた。

　さきちゃんは電話を切ると、電話を持つ手をだらりと下ろし、視線を落とす。見るからに肩を落とすさきちゃんに、朝田さんですら声を掛けられずにいた。

　落ち込んでいる、もしくは、不安、焦燥……。さきちゃんの感情を正確には読み取れなかったけれど、少なくともさきちゃんがマイナスの感情に苛まれていることはわかった。

わたしはとりあえず、地面に落ちたさきちゃんの持ち物を手に取った。それを見て、朝田さん、松永くんも、教科書やノートを一つ一つ拾い上げていく。

手に取った教科書の名前の欄に、さきちゃんのフルネームが漢字で記入してあった。「大川沙樹」。さき、って、こういう漢字なんだ。

と、わたしはわずかな違和感を覚えた。何に対して？　少しだけ考えてみたけれど、結局答えは見つからない。

わたしたちは忙しなく手を動かし、教材をさきちゃんのランドセルに入れていった。


今日は雲一つない快晴。まもなく六時だというのに空はまだまだ明るさを残し、夏の訪れを告げる日照りがわたしたちを照りつけていた。

「ねえ、あたしたち、これからどうすればいいのかな？」

みんなでさきちゃんの荷物の片付けを終えた後で、朝田さんは少し不安そうに、わたしと松永くんに聞いた。この子のために何かしてあげられることはないのだろうか。

朝田さんはそう言いたいのだろう。

松永くんは低く唸りながら、顔をしかめている。

「ちょっと待っててくれる？」

わたしはそう言って、一人その場を離れた。

大きく分けて、さきちゃんの行動の疑問点は三つ。小学生には場違いな大企業の自社ビルを目的地としたこと。人に対する警戒心が強そうなさきちゃんが、突然わたしたちを頼りにしだしたこと。それと、電話してきたお母さんに嘘をついたこと。

わたしは鞄からスマホを取り出した。朝田さんの連絡先を画面に呼び出し、通話ボタンをタップする。

わたしが今、連絡を取りたい人物は……もちろん朝田さんではない。朝田さんなら目の前にいるのだから。

朝田さんのスマホは今、久美子さんの家にある。昨日お邪魔した時に、朝田さんが忘れて帰ってしまったのだ。

そう、わたしが連絡を取りたい人物、それは……。

『もしもし。ちょこちゃんはスマートフォンをあたしの家に忘れて帰ったから、いくら電話しても無駄だよ』

電話に出てすぐ。久美子さんは一息にそう言い切った。

わたしは久美子さんの連絡先を知らない。ご近所に住んでいるので、わざわざ連絡を取る必要がないからだ。わたしが死神の家に勝手にお邪魔すれば、久美子さんに会うことができるのだ。

けれどわたしは今、久美子さんと話がしたかった。死神の力を借りて、さきちゃんの目的を追求したかった。

　朝田さんのスマホに連絡を入れれば、久美子さんと通話ができるはず。着信画面にわたしの名前が表示されれば、電話に出るくらいのことはしてくれるのではと思ったのだ。わたしの思惑通りに、事が運んでくれた。

「あーよかった！　久美子さん、スマホの操作できるんだね」

　わたしが懸念していたのは、朝田さんのスマホの充電切れ。マナーモードになっていて、久美子さんが着信に気付かない。そして……久美子さんがスマホを操作できないという可能性だった。

『今時の年寄りを舐めるんじゃないよ。スマートフォンくらい持っているさ』

　久美子さんは引退犬飼育ボランティアに参加している。そういった関係者の人たちとの業務連絡の時に、スマホを使っているのかもしれない。同居人の甥とも連絡を取らなければならないこともあるのかも。

「そんなことより、聞いてほしいことがあるの。安楽椅子探偵の出番だよ」

『……うん？』

「困ったことがあって……久美子さんに謎の真相を暴いてほしいの」

『まさかそんな馬鹿げたことのために、電話をかけてきたのかい？』

　その言葉とは裏腹に、久美子さんの声にはわずかな好奇心が含まれていた。

わたしは有無を言わさずに、久美子さんに今までの経緯を話した。

『つまり、その女の子の行動の意図を知りたい、ってことかい？』

わたしが長い説明を終えると、久美子さんはそう聞いてきた。

「うん、そう」

『小学生の女の子がビジネス街に……ねぇ。そういう趣味なんじゃないかい？　あたしの娘が小さかった頃は、水族館が好きでよく連れてってあげてたけどね』

「オフィスビルが好きな小学生なんて絶対いないよ。冗談はいいから、久美子さん、何かわかった？」

『わかるわけがないだろう』

「……」

間髪を入れずに、久美子さんは言い放った。まさかここまで清々しく降参するとは思ってもみなかったので、わたしは咄嗟に何も言い返せなかった。

「ちゃんと考えてよ。女の子が困ってるんだよ？」

『年寄りに頼ってどうするんだい。自分で考えな』

「……」

『老人の役割は、若者に助言をしてやるくらいが丁度いいのさ』

「なら、その助言とやらを頂戴してもよろしいでしょうか？」

電話口の向こうから、盛大なため息が聞こえてくる。

『……ミステリ作品の中で、よく殺人が起きるだろう？』

久美子さんは、そう切り出した。一体ここからどんな話が続くのだろう。一言一句を聞き逃すまいと、わたしはスマホをきつく握りしめた。

『罪を犯すってのは、基本的に不合理な行動だ。なんせ、警察に捕まるリスクを、絶えず犯人は負うことになるからね』

「まあ、確かに」

『ロボットに事件は起こせない。事件の当事者は常に感情を持った人間だ。人間が不合理な行動を起こし、ハタから見れば不可解な事件が起きる。不可解な部分にこそ……人間の本質が表れるのさ』

「……」

不可解な部分にこそ人間の本質が表れる、か。でも確かに、今までわたしがこの町に来てから解いてきた謎に対しても、その言葉は言い当てはめることができる。

死神と噂されるおばあさん、突拍子もない行動をとった男子生徒。その不可解な部分には、その人の本質が表れていた。

『その女の子の行動や様子を、よーく思い返してごらんよ。おかしなことはなかったかい？　違和感を覚えたことは？』

「そんなの、おかしなことだらけだよ。小学生の女の子がこんなオフィス街にいること自体、違和感しかないよ。わたしたちに対する態度も……」

『……態度も？』

そう、さきちゃんがわたしたちに対する態度を変えたのは、確か……。わたしは無意識に、上空に目を向けていた。

「……」

わたしがさっき覚えた違和感。それは……そう、さきちゃんが教科書やノートを地面に落っことしてしまって、それで……。

「ありがとうっ、久美子さん！」

わたしはそう言って、電話をぶつ切りしてしまった。

何かがわかりそうだった。わたしはスマホを握りしめたまま、今までのことを思い返しながら、考えを巡らせた。

わたしは二度も、人のことを曇った目で見たことのある経験があった。死神と呼ばれたおばあさんと、寡黙な同級の男の子。だからこそ、今のわたしのこの考えが、先入観に囚われたものではないという客観性が必要だった。

「ねえ、松永くん」

わたしは同級の男の子の名前を呼んだ。松永くんがこちらに振り返る。控えめに手招きをして、松永くんに移動を促す。

わたしと松永くんは、朝田さんとさきちゃんから少し離れたところで、二人きりになった。

「どうした？」

松永くんがわたしに聞く。どう切り出したらいいものか。わたしは少し考えたけれど、結局、単刀直入に言ってみることにした。

「さきちゃんが何をしたいかがわかったかもしれない。わたしの考えが間違ってないかを、松永くんに判断してほしい」

「おお、マジか」

松永くんは目を見開いて、驚いた顔になる。白い歯を見せるその表情は、嬉しそうでもあった。

さきちゃんのために、何かをしてあげられるかもしれない。人並み以上の優しさを持つ松永くんに、そういった思いがあるのだろう。

わたしはまず、先程考えたさきちゃんの行動の疑問点を三つ挙げた。この大企業の本社ビルに何の用があるのか。どうして突然、わたしたちを頼りにしだしたのか。お母さんに嘘をついたのはなぜか。

「まずは結論から教えてくれ。その後で篠崎の考えを聞きたい」

わたしの前置きもそこそこに、松永くんはそう言った。わたしはこくりと頷いて、ふう、と息を吐いた。

「さきちゃんは……お母さんと離婚して会えなくなったお父さんに、会いに来たんだと思う」

「……」

松永くんは顎のあたりを撫でながら、低く唸っている。

「離婚したお父さん、か。ずいぶんと限定的だな。どこから離婚なんて言葉が出てくるんだ？」

松永くんは率直な疑問を口にした。この様子なら、わたしに無用な気を使って闇雲に賛同することはないだろう。

客観的な意見が得られる。その相手として松永くんはこの上なく適任だと、わたしは思った。

「さっき松永くんが言ってた通り、親に忘れ物を届けに来たとかなら、さきちゃんがここに来るのは朝の時間になるはずでしょ？」

「……」

「こんなところまで会いに来なくても、両親が離婚なんてしてなければ、夜に家で会えるはず。でもさきちゃんは、ここまでわざわざ歩いて会いに来た」

　わたしの説明を聞いても、松永くんは腑に落ちない様子。それはそうだ。こんな説明じゃ、納得しようにもできないだろう。

「さきちゃんが電話をランドセルから取り出した時、教材が地面にこぼれ落ちちゃって、みんなでそれを拾ったでしょ？　その時……」

「その時、なんだ？」

「教科書の名前を記入する欄、苗字のところだけが訂正されていた。定期券にはテシガワラって打たれてたのに、教科書は、大川って書き直されていた」

「……」

「定期の有効期間は最大で半年。購入が四月だとしたら、まだ名前の更新はされていない。でもさすがに、毎日使う教科書がそのままっていうわけにはいかないでしょ？だから書き直した。つまり……」

　わたしは軽く息を吸い込んだ。

「今年の四月から今までのだいたい三ヶ月ほど、その間に、さきちゃんの両親は離婚をした」

「……」

「電話口の声は女性だった。親権があるのはおそらくお母さん。つまりさきちゃんは、お母さんの旧姓、大川に苗字が変わった」

松永くんは一瞬動きを止めた後、ゆっくりと口を開いた。

「よく気付いたな」

他意はないのだろう。単純にわたしのことを褒めてくれているのだと思う。

「わたしもそういう経験、あるから」

「……」

そう言うと、松永くんはそれ以上何も聞いてこなかった。

「仮に、だ。あの子の目的が仮にそうだとして、二つ目の疑問はどうなんだ？　どうしてあの子は突然、俺たちを頼りにしだしたのか、って」

松永くんは話を元に戻す。

「あの子は父親の勤め先であるこの会社に自力で辿り着いたわけだし、俺たちを頼る理由はないはずだ。朝田が最初に接した時なんか、俺たちに目もくれなかったのに」

ある意味で、これこそが今回の件における最大の疑問と言っていいのかもしれない。

さきちゃんが変質者に狙われていたのなら、最初からわたしたちを頼りにしてもよかった。わたしと朝田さんは女子だし、高校の制服を着ているから、怪しい人ではないと思えたはず。脅威に怯えていたのなら、わたしたちに最初からすがっていればよかったのに、さきちゃんはそうしなかった。

「さきちゃんは……」

さきちゃんは、この一つの理由のために、わたしたちをこの場に踏み留まらせている。

「さきちゃんはきっと、帰り道がわからないんだよ」

「えっ？」

「さきちゃんは……駅を出てから今までずっと、迷子なんだと思う」

「それはないだろ」

松永くんが即座に否定した。わたしと松永くんは今日初めてまともに話したのに、もう既にお互いに対して遠慮がなくなっていた。

「篠崎も見てただろ？　あの子は自力でここまで来たんだ。俺たちはあの子のあとをついてきただけ」

「……」

「この風景の変わらないビジネス街で、行き当たりばったりで目的地に辿り着けるとは思えない。ここまでの道のりを知ってたんだろ、あの子は」

確かに、そう考えるのが普通だと思う。でもわたしの考えでは、道のりを知らなくてもここまで辿り着ける方法が一つだけある。

わたしは無言のまま上空を見上げた。正確にはこの大きなビル、ホクヨウビール本社の自社ビルの最上階に目を向けた。

水色の線で描かれた水平線から、大きな半円の太陽が赤色の線で表現されている。シンプルでいて、インパクトのある、一目でわたしたちにビールを連想させる、そんなロゴマーク。

松永くんは眉をひそめながらわたしの視線の先を追った。数秒の無言の後、松永くんは視線を落とし、ふう、と息を吐いた。

「なるほど。ホクヨウビールのロゴマークか」

わたしの方を向き、松永くんは言った。わたしの言いたいことを理解してくれたようだ。さすがに察しがいい。

「このバカデカいビルに描かれたロゴマークだけを目印に、あの子は駅から自力でここまで辿り着いた。篠崎が言いたいのは、そういうことか？」

わたしは大きく頷いた。

このホクヨウビール本社ビルの高さは、周囲のテナントビルと比べても頭一つ抜きん出ている。駅からでも、この印象的なロゴマークを視認できるはずだ。

道のりがわからなくても、視線を上げて、このロゴマークの方向に歩いていけば、いずれはこの大きなビルに辿り着ける。

「さきちゃんはお父さんがホクヨウビールに勤めていることを知っていた。一緒に暮らしてた頃に、テレビのCMでも観ながら教えてもらったんじゃないかな。お父さんはこの会社で働いてるんだよ、って」

「ロゴマークを目印にここまで来たはいいけど、駅までの帰り道がわからない。この辺りは風景も変わらないし、単調な建物がほとんど」

　わたしに続いた松永くんの言葉に、首を縦に振った。

「もしお父さんに会えなかったら、さきちゃんは自力で駅に帰らなきゃならない。その時の保険のために、わたしたちに頼らざるを得なかったんだよ。ここに来る道中、さきちゃんは何度も後ろを振り返って、わたしたちがちゃんとついてきているかを確認してたし」

「ここに到着して、朝田が帰ろうと提案した時、あの子は朝田の手を掴んでこの場に踏み留まらせた。それは、あの子が今まさに迷子の真っ最中だからか」

　仕上げだ。わたしは地面のアスファルトをぼんやりと見やりながら深呼吸をした。

「さきちゃんは学校からの帰り道、電車の車内で偶然、もう会えなくなったお父さんを見つけた。もしかしたら、営業まわりを終えて会社に帰るところだったのかも」

　あの時のさきちゃんは、電車の座席の一点を見つめていた。さきちゃんが見つけたのは、変質者なんかではなく……もう会えなくなってしまったお父さんだった。

「お父さんが電車から降りたのを確認したさきちゃんは、また会いたい一心で、同級生を車内に置いて駅のホームに降り立った」

「……」

「ホームの人混みの中、辺りを見回しながらお父さんを見つけようとした。でも、さきちゃんはお父さんを見失ってしまった」

あの時、確かにさきちゃんは焦ってはいたけど、もし変質者に迫られていたのならわたしたちを頼ったはず。でもさきちゃんは、わたしたちにはかまわず……。

「お父さんを見つけられなかったさきちゃんは、駅の改札へと走った。とりあえず改札に行けば、またお父さんを見つけられるかもって考えたんだと思う。でも……」

「父親は見つけられなかった。あの子は変質者から逃げていたんじゃなく、電車を降りた父親を探していたのか」

わたしはこくりと頷いて、松永くんの言葉を引き継いだ。

「さきちゃんは頑張ってお父さんに会おうとしてるけど、結局、今の今までお父さんに会えていない。でも収穫はあった。駅の改札を抜けたビジネス街の歩道、そこである手がかりを見つけた。大きなビルに描かれた、見覚えのある……」

「……ホクヨウビールのロゴマーク」

「うん。それを見つけたさきちゃんは、自分が迷子になってしまうのを覚悟の上で、お父さんの職場に向かうことを決めた。きっとさきちゃんにとっては、大冒険も同然だったんじゃないかな」

「この見知らぬ街での大冒険から無事に帰れる保険を、あの子はかけていた。……俺たちという保険を」

「もしお父さんに会えなかった時、自力で駅まで戻ることができない。今までわたしたちに目もくれなかったさきちゃんが、突然、わたしたちを気にかけるようになった」

「あの子の態度が変わったのは、ホクヨウビールのロゴマークを見つけた瞬間だったんだな。そのタイミングで、俺たちを頼ろうと決めたわけだ」

今のところ松永くんが異議を唱えようとしている様子はない。それでもわたしは、自分の推理が百パーセント合っているという危険な考えを持とうとはしなかった。

「最後の疑問。さきちゃんはお母さんに嘘をついた。今自分はあーちゃんの家にいる、って。それは、お父さんがさきちゃんに会うことを固く禁じられているからだと思う」

「……」

「さきちゃんもそのことを知っていた。もう二度とお父さんに会えないことを。だからこそ、こんな冒険を冒してまでここに辿り着いたんだから」

「円満な離婚じゃなかったってことか」

「さきちゃんがわたしたちに何も話してくれないのも、自分が悪いことをしてるっていう引け目を感じてるからじゃないかな？　本当は会っちゃいけない人に、自分は会おうとしてるっていうね。その引け目が顕著に出たのが……」

「……」

「さきちゃんがお母さんの電話に出る時。慌てようが尋常じゃなかった。さきちゃんはきっと、お母さんに対して罪悪感を感じてるんだよ」

わたしは大きく深呼吸をすると、松永くんの目を真っ直ぐに見た。

「わたしが今まで言ったこと、ただのこじつけだと思う？　もしこの考えがわたしの自分勝手な妄想だと松永くんが思うなら、正直に言ってほしい」

松永くんはこちらを向いて、口を開いた。

「まあ、その可能性もあるだろうな。篠崎の言った中に、確たる証拠となり得るものはなさそうだし。たまたま偶然が重なって、そう見えるだけなのかもしれない」

その言葉を聞いても、わたしは落胆しなかった。ただ、まあそうだろうな、と思うだけだった。

「でも……」

松永くんの言葉には続きがあった。わたしは黙ったまま、先を促す。

「妄想にしちゃ辻褄（つじつま）が合いすぎてる。十中八九、当たりじゃねぇか？」

そう言って、松永くんはにたりと笑った。

「なら……今度は、わたしの勝ちだね」

「うん？」

　少し前の体育の授業の一件。意固地なわたしは真相に気付けず、朝田さんを助けられなかった。そしてその無能なわたしを差し置いて、松永くんは朝田さんを見事に助けてみせたのだ。

　今度は、わたしの勝ち。困っているさきちゃんの意図に、わたしは松永くんよりも先に行き着いたのだ。まあ、今回も久美子さんの助言という強力すぎる有利な点があったのだけれど。

　こんなところで勝ち負けにこだわる馬鹿げた自分にうんざりしながらも、わたしは少し、優越感に浸っていた。

「何か言ったか？」

「ううん、何でもない」

　松永くんは不審そうに口をへの字に曲げた。

「ま、でもわたしのこの推理も、妄想だっていう可能性も捨てきれないけどね」

「本人に聞いてみればいい」

　あっけらかんと、松永くんは言い切った。少し戸惑うわたしにかまわず、言葉を続ける。

「篠崎の推理が当たりなら、俺たちはあの子に協力してあげてるんだぞ？　悪い言い方をするなら、あの子は俺たちを保険として利用してるわけだ。朝田の善意を信用して、な」

「……」

「なら、俺たちにはあの子の目的を知る権利があるはずだ。違うか？」

松永くんはそう言って、くいっと顎先をさきちゃんの方に動かす。聞いてみろ、ということらしい。

わたしと松永くんはさきちゃんのもとへと戻った。傍にいる朝田さんがこちらを向いた。何かを言いかけた朝田さんよりも先に、わたしは口を開いた。

「ねえ、さきちゃん」

わたしはしゃがんで、さきちゃんと同じ高さに目を合わせる。さきちゃんがわたしの方を向く。けれど、視線は合わせてくれなかった。

「さきちゃんは……もう会えなくなっちゃったお父さんに会いにここまで来たの？」

わたしがそう言った瞬間、さきちゃんはくしゃりと顔を歪ませた。一見しただけでわかる。これは当たりだ、と。わたしと松永くんは互いに顔を見合わせた。

わけがわからないといった様子で、朝田さんがわたしたちとさきちゃんを交互に見やる。朝田さんにも事情を話してあげたいけれど、話が長くなる。

どうしたものかと逡巡していると、スマホの着信音が鳴り響いた。先ほどと同じ着信音だった。さきちゃんは慌ててランドセルからスマホを取り出す。今度は中身の教材を落っことすミスは犯さなかった。

　手早く電話に出ると、さきちゃんは怯えたような顔をしたまま、うん、うん、と、電話口の声に何度も頷き返していた。

「お母さんからか？」

　さきちゃんが電話を切った後で、松永くんが聞いた。さきちゃんはその質問にこくりと頷いた。松永くんは腕時計で時間を確認してから、再び聞く。

「もう帰ってこい、って？」

　さきちゃんはまた、首肯（しゅこう）で応えた。わたしも自分のスマホで時間を確認する。もう六時をまわっている。

　夏の入り口にさしかかった季節。辺りはまだ少し明るいけれど、さきちゃんが帰る頃には七時をまわってしまうかもしれない。小学校低学年の帰宅の時間にしては遅すぎる。

　でも……このまま帰ってしまっていいはずがない。この機を逃せば、さきちゃんはもう……。

「タイムオーバーだな」

　そんなわたしの憂いなどおかまいなしに、松永くんはそう言い放った。

「帰ろう。お母さんが心配してる」

少しの間の後で、さきちゃんは三たび、松永くんの言葉に頷いた。その表情は、とても寂しそうだった。

「もう少し待ってみようよ」

わたしは咄嗟に、そう言っていた。松永くんが意外そうに目を見開く。

「これがさきちゃんにとっての、最後のチャンスになるかもしれないんだよ？　これから二度とお父さんに会えなくなるかもしれないのに……。それなら……」

「篠崎、やめとこう」

わたしの言葉を遮るように、松永くんはぴしゃりと言い放った。さきちゃんは困ったように顔を俯け、朝田さんはおろおろと周囲の様子をうかがっている。

「この子の帰りが遅くなるだろ」

「でも、もうすぐ六時半だよ？　仕事終わりのさきちゃんのお父さんが、今すぐに出てきてもおかしくないよ」

「退社が七時か八時……もっと遅くなるかもしれないだろ。それまでずっと、この子をこの場で待たせるつもりか？」

「……」

「よその家庭の事情に、首を突っ込むべきじゃない」

わかってる。わかっている。頭では理解できる。松永くんは今、正しいことしか言っていない。

そんなことくらい、わたしだって理解している。

「親権があるのは、この子の母親なんだろ？　その母親が帰ってこいって言ってるんだ。俺たちのやるべきことは、この子を無事に送り返してやることだろ」

わたしは苛立っていた。松永くんが正しいことを言っていて、自分が間違っていることを知りながら。

わたしは地面に視線を落とし、その場を動こうとしなかった。しびれを切らした松永くんが口を開いた。

「朝田、その子を駅まで送ってやってくれ。その子、駅までの道、知らないだろうから」

「えっ⁉　でもこの子……さきちゃん？　さきちゃんはここまで一人で来れたんだよ？帰り道も知ってると思うけど……」

「事情は後で話す。もう時間も遅いから、ほら」

そう言って、松永くんはさきちゃんと朝田さんを送り返した。

朝田さんがさきちゃんの背中を優しく押す。さきちゃんは後ろ髪を引かれながらも、駅までの道のりを歩き出した。

ホクヨウビール本社ビルの正門前。朝田さんがさきちゃんを連れて帰ったので、わたしと松永くんの二人だけになってしまった。

縁もゆかりもないはずのビジネス街の一角で、同級生の男子と二人きりで立ち尽くす。学校を出発した時点では、まさかこんな事態になるなんて想像もつかなかった。今日はただちょっと、繁華街に出かけるだけだったはずなのに。

朝田さんとさきちゃんが駅までの帰路について、そろそろ五分ほどが経とうとしている。わたしと松永くんの間に、一切の会話もない。

わたしはこの場で、さきちゃんのお父さんが退社するのを待ち続けている。さきちゃんとお父さん、二人を会わせる。それがわたしの……さきちゃんに対して、してあげられることだから。

さきちゃんは、もう会えなくなってしまったお父さんに会いたがっていた。その対面が叶うのが今日一日だけのことだったとしても……あの子にとってはとても大事なことなのだ。

「篠崎」

「……」

「もう帰るぞ」

物わかりの悪い子どもを諭すように、松永くんは言った。

「松永くんは帰ればいいでしょ。わたし一人でも待ってるから」

「おい、らしくないぞ。よその家庭の事情に介入するべきじゃない。それくらいお前にもわかるだろ？」

らしくない、か。まあ、クラスでのわたしを見ているのなら、松永くんがそう思うのも当然だろう。無口で、いつも仏頂面の、社交性のない女子生徒。それがハタから見た篠崎楓だ。

「らしくないって……」

わたしは頭に血がのぼっていた。ムキになっていた。わたしがこの場でさきちゃんのお父さんを待ち続けるのはさきちゃんのためだけれど……これはわたしのためでもあった。

「松永くんに、わたしの何がわかるっていうの？」

スマートに格好良く言ったつもりだったけれど、言い終わりの声がわずかに震えた。どうしようもなくダサい自らに嫌悪感を抱きながら、わたしは唇の震えを懸命に抑えていた。

わたしの様子が普通ではないことを感じとった松永くんは、それ以上何も言わなかった。わたしが諦めて帰路につくのを、待つことにしたようだ。

さっさと帰ってしまえばいいのに。わたしは内心で松永くんに悪態をつきながら、さきちゃんのお父さんの退社を待った。

わたしはさきちゃんと同じ片親だ。そのことに対して、自分が不幸だとか可哀想だとか思ったことは一度もない。今時離婚なんて珍しくないし、自分の親がそうであっても、それ自体はなんとも思わない。

でもわたしは、子どものことを全く考えずに物事を決める身勝手な親に、不信感を抱くようになってしまっていた。

自分たちで勝手に喧嘩を始めて、いがみ合っている姿を見せつけられて。仲違いになって別れるのは自分たちの勝手だけれど、何も住む場所を離れることはなかったのに。

わたしは引っ越しなんかしたくなかった。友達と離れたくなかった。部活だってやめたくなかった。それなのに、お母さんは自分の都合だけしか考えてなかった。わたしの気持ちなんか、これっぽっちも考えてくれなかった。

それからわたしは、人に対して何の期待も寄せない、冷めた人間になってしまった。心のどこかがずれ、捻くれた女になってしまった。

さきちゃんは今もわたしたちに、朝田さんにすら心を開いていない。知らない土地に来てしまった不安、そういった理由があるからなのかもしれない。でも、さきちゃんの人に対する接し方が、わたしには健全なものであるようには見えなかった。特に、お母さんと通話している時。あまりにも過度に、気を使っていたように思える。

　あんな小さな子が、あんなにも大人の顔色を窺いながら暮らしている。さきちゃんが今、健やかに育っていると言えるだろうか。周りにびくびくしながら幼少期を過ごすことが、正しい人の育ち方だと言えるだろうか。

　正面玄関の大きな自動ドア。そこから一人のスーツの男性が出てきた。さきちゃんのお父さんを見つけるには、めぼしい人物に手当たり次第声を掛け続けるしかない。その男性が正門を通過して歩道に出たところで、わたしは声を掛けた。

「あの、ホクヨウビールの方ですよね。テシガワラさんですか？」

　ギョッと目を見開いたその男性は、不審な表情をわたしに向けた。

「テシガワラさんって知ってますか？　何時に退社するかわかりますか？」

　気持ち悪いものでも見るかのような目で、その男性社員はわたしを見やる。そして、何も答えずにそそくさと駅の方向へと歩いていってしまった。

　正面玄関から数名の社員が出てきた。どうやらやっと退社ラッシュの時間になったようだ。

　女性は無視、男性だけでいい。それと、あまりにも若い男性社員も除外していいだろう。それ以外の全員に声を掛けてやる。わたしは息巻いていた。

「おい馬鹿！　やめろって！」

わたしの肩をぐいと引きつけ、松永くんが言った。ああもう、本当に面倒くさい。

「ほっといてよ！」

「制服の女子高生がおっさんの名前呼んでどうすんだ。変な勘違いされるぞ」

「……」

変な勘違い……それは援助交際だとか、そういったいかがわしい誤解のことだろうか。わたしは奥歯を噛み締めて、反論の言葉をぐっと抑え込んだ。全くわたしは思慮が浅い。久美子さんにもそう言われたことを思い出す。

両の手で、ぎゅっとスカートの生地を握った。馬鹿で間抜けな自分が嫌になってくる。布越しに手のひらにめり込む爪から、わずかな痛みが走った。

さきちゃんのお父さんに迷惑をかけるのはわたしの本意ではない。これは、わたしのやるべきことじゃない。

「あの子には……」

目がじんわりと熱くなる。こぼれ落ちそうな何かを必死に堪えた。

わたしの口からか細い声が漏れる。

「わたしみたいになってほしくない」

「……」

たとえ今日一日だけであったとしても、さきちゃんがお父さんに会うことには大きな意味があるはず。そのためにさきちゃんは、不安を抱えながら大冒険に出たのだから。

さきちゃんのお父さんは、もうさきちゃんに会うことができない。面会の権利すら奪われたくらいだから、どうしようもない父親だったのかもしれない。

でもさきちゃんは、お父さんに会いたがっている。これから一生会うことがなくても、さきちゃんはお父さんに会いに、今ここまで辿り着いたのだから。

松永くんがこれ見よがしに、盛大にため息をついた。

「俺がやる」

仕方なく、といった風に松永くんは言った。

「男の俺なら、まあ、大丈夫だろ」

困ったように笑う松永くんは、素早く手首につけたデジタル式の腕時計を確認する。

「朝田とあの子は五分前にここを出発した。ここから駅まで、あの子の足で歩いて二十分くらいだった。駅のホームで電車を五分待ったとして……父親を見つけたらすぐに朝田に連絡を入れて二人を足止めできれば……」

松永くんは腕時計から顔を上げた。わたしの目を真っ直ぐに覗き込んで言い放つ。

「二十分だ。あの二人が電車に乗り込むまでの二十分、俺が声掛けを続けてやる。それで父親が見つからなければ、帰るぞ」

異論は認めない。松永くんの目が、わたしにそうきつく言い付けていた。何も言い返せず、わたしはこくりと頷いた。

「ほら、その辺にでも隠れてろよ」

松永くんが手を払ってわたしを追いやる。その言葉通り、わたしは少し離れたところで松永くんを見守ることにした。

「あーーーっ、くそっ！」

松永くんは悪態をついた。その表情は大きく歪んでいた。厄介ごとに巻き込まれたというよりかは、見知らぬ人に声を掛けるという、羞恥心を取り払う儀式のように見えた。

そこから松永くんはホクヨウビールの男性社員に声を掛け始めた。顔をしかめる大人たちに対して、毅然とした態度で、テシガワラさんを探し続けてくれた。

松永くんが声掛けを始めてから十分が経過しようとしていた。会社帰りのサラリーマンから白い目で見られようとも、松永くんはさきちゃんのお父さんを探し続けてくれた。

松永くんにとっては、さきちゃんも、そしてわたしも、決して親しい仲だと言える間柄ではない。にもかかわらず、ここまで親身になって力になってくれている。これはもう、申し訳なさを通り越して罪悪感すら覚えるほどだった。

　わたしのくだらない意地に付き合ってくれた見返りとして、わたしは松永くんに何をしてあげられるのだろう。何の案も思い浮かべることができず、わたしは自分の無力さを呪うばかりだった。

　松永くんが声を掛けた男性社員に、今までにない反応をする人が現れた。中肉中背、年齢的には、さきちゃんくらいの子どもがいてもおかしくないような人だった。

　テシガワラさん、という松永くんの言葉に反応したその人は、露骨に警戒心を露わにした。

「さきちゃん……さきちゃんのお父さん？」

　その問い掛けに、その男性社員はさらに眉間のしわを深くした。当たりだ。この人がさきちゃんのお父さんに間違いない。

　松永くんもそう勘付いたのだろう。おかしな誤解を受ける前に、手早く説明に入ったようだ。お父さんの警戒心は次第に薄らいでいき、驚きの表情にとって代わる。

　さきちゃんがあなたに会いにこの場に来ていた。今は帰路についており、あなたの意向次第では会うことができる。松永くんの説明に、お父さんの表情が明るくなっていく。

　二人がこちらに近付いてくる。松永くんの表情にも、明るさが見えた。

「おい、見つけたぞ！」

　普段の松永くんからは想像もできないほど、その声は弾んでいた。わたしはつい、笑ってしまいそうになる。

「ほら、早く朝田に連絡しろよ」

　にやつくわたしを見て、松永くんは顔をしかめる。羞恥心を隠しつつ、松永くんはわたしにそう言った。

「……さきちゃんのお父さん、ですよね？」

　わたしの問いに、男性社員は頷いた。

「はい。沙樹の父親の勅使河原といいます」

　スーツに身を包んだ、本当にどこにでもいそうな典型的なサラリーマンといった容姿。小綺麗な服装とは対照的に、ひどく疲れているように見えた。

　その目に、わずかな光が射し込んでいる。会えなくなった娘に会えるという希望が、仕事終わりのこの人に、新たな気力を与えているようだった。

「いいから早く、朝田に連絡しろって」

　わたしは鞄からスマホを取り出した。朝田さんとさきちゃんを足止めすべく、連絡先から朝田さんの電話番号を……。

「……あ」

「えっ？」

自らの迂闊さに、わたしは唖然とした。いつからわたしはこんな馬鹿で間抜けな女になったのだろうか。しかし今は、そんな自らの至らなさを恥じている時間はない。

「朝田さん、今、スマホ持ってないんだった」

朝田さんのスマホは今、久美子さんの家にある。その事実を利用して、わたしはさっき久美子さんと通話をしたばかりではないか。すっかり忘れていた。

松永くんが顔を歪め、盛大にため息をついた。わたしを非難するように、目を細めて。

「マジかよ……」

その松永くんの呆れた声に、わたしは何も言い返せなかった。

ビジネス街の舗装された歩道。仕事帰りのサラリーマンたちが占めるそのアスファルトの上を、わたしと松永くん、そしてテシガワラさん……さきちゃんのお父さんの三人で、駅までの道を息を切らしながら走った。タイムリミットは五分。歩いて二十分かかった道のりを、その四倍のスピードで駆け抜けなければならない。

現役の陸上部のエースと、元陸上部、その二人についてこられるはずもなく、さきちゃんのお父さんはやや後方で遅れをとっている。

このまま駅に辿り着いたとして、さきちゃんとお父さんが会える確率は、五分五分といったところだった。もし朝田さんとさきちゃんが駅にスムーズに辿り着いて、ホームにタイミング良く電車が到着してしまえば、さきちゃんとお父さんが会うことは叶わないだろう。

わたしは今は陸上部員ではないし、現役時代も大した記録を残したわけではないけれど、毎日のランニングは欠かしていない。陸上部エースである松永くんのジョグペースにはなんとかついていけている。今ほど日課のランニングに感謝したことはない。でも、わたしたちの後ろを走るさきちゃんのお父さんは、息も切れ切れ、額に大粒の汗を滲ませている。

「鞄、持ちますよ」

見ているこちらが心配になるくらい疲弊しているさきちゃんのお父さんに、松永くんが声を掛ける。

一瞬の気の迷いが見て取れたけれど、さきちゃんのお父さんは松永くんに鞄を手渡した。機密書類なんかが入っているかもしれない大事な仕事用の鞄を、さっき初めて会ったばかりの見ず知らずの男子高校生に手渡したのだ。

その表情は、固い決意に満ちていた。わたしはこのお父さんが、今日、愛娘にちゃんと会えることを切に願った。

駅までの道のりの、最後の曲がり角。ここまでの道中で、さきちゃんと朝田さんに追いつくことはできなかった。駅前であの二人を見つけられなければ、ホームまで降りなければならない。そうなれば、人混みの中で二人を見つけるのは困難を極める。

わたしは胸中で祈りながら歩道を駆けた。

先頭の松永くんが駅の方に視線をやり、その目が大きく見開かれる。

「いた！」

松永くんの叫びが、ビジネス街に大きく響き渡った。

＊

「なんだこれ？」

一週間前、ビジネス街での大冒険を繰り広げたわたしたち四人……高校生三人とさきちゃんは、久美子さんの家に来ていた。

背の低い小ぶりのひまわりの花壇の中に、青いバラの造花を見つけた松永くんがそう声を上げる。すると得意げな朝田さんが、松永くんにそのバラの説明をしてあげた。

「久美子さんの趣味だよ。その一輪だけ、造花なんだ」

「ふーん、変わった趣味だな」

朝田さんの説明を聞いた松永くんは、さして興味もなさそうにそう言った。わたしはその松永くんの意見に激しく同意した。

たくさんのひまわりの中、一つだけ場違いのように咲く青いバラの造花。黄色い花で統一した方が綺麗に見えるのになぁ。わたしはこの久美子さんの花壇を見るたび、いつもそう思う。

さきちゃんはたくさんのひまわりに夢中になっていた。こういうところはやっぱり女の子だな。笑顔のさきちゃんを見ていると、こちらまで楽しくなってくる。

松永くんの部活のない木曜日。朝田さんが松永くんとさきちゃんも誘って久美子さんの家に行かないかと言いだしたのがきっかけだった。こうしてわたしたちは、四人で死神の家にお邪魔することになったのだ。

さきちゃんと何の関わりもなかったわたしたちが、さきちゃんを誘い、見知らぬ地に連れ出す。厳しそうなさきちゃんのお母さんを懐柔し、許可を得るのは至難なのではないかと危惧されたけれど、それは杞憂に終わった。朝田さんがお母さんに直談判に赴いたらしく、すぐに許可を取り付けられたらしい。

朝田さんは頭の回転が速い方ではないし、思慮深いわけではないけれど、人から信頼を得るということに関してはかなり秀でている。これはわたしや松永くんにはない人としての良いところだと、わたしは素直に思う。

朝田さんのそういうところがあったからこそ、さきちゃんの信頼を得られ、さきちゃんはお父さんと再会することができたのだから。

近所で有名な死神の家にお邪魔したわたしたちを、久美子さんとツバサが玄関で迎えてくれた。ツバサは見たことのない二人の新参者に、少し警戒心の反応を示した。

さきちゃんも大型犬を目の前に、少し怖気付いている様子。

わたしはツバサに近付き、下顎を撫でてやった。

「嚙まないよ、ほら」

さきちゃんに、ツバサを撫でてやるように促してみた。

さきちゃんは恐る恐るツバサの背中に触る。尻尾をぴょこぴょこと振り続けるツバサに、さきちゃんの笑顔が弾けた。

久美子さんが洗面所に行くように言いつけるまで、さきちゃんはツバサを撫でるのをやめなかった。

手洗いとうがいを終えたわたしたちに、久美子さんはいつもの紅茶と茶菓子を用意してくれていた。香り高いアールグレイと、高級そうなカステラ。久美子さんったら、初めてのお客様のために奮発したのだろうか。

「なるほど。ミステリ好きの友達ってのは、このばあさんなわけか」

テーブルに置かれた読みかけの文庫本を見やりながら、松永くんが呟いた。タイトルを見ただけで、この本がミステリだとわかったらしい。その直後、背後にそびえ立つ巨大な本棚に気付いた松永くんは、感嘆のため息を漏らした。

「そうそう！　久美子さんが好きそうな面白い話があるの！　あたしたちがこの子と出会った時の話！」

「ああ、こっちに電話をかけてきたあの件だね。お茶代として聞かせてもらおうかね」

「かえちゃんが謎を解き明かして、困っていたさきちゃんを助けてあげたんだよ！」

「そんな大袈裟な」

わたしはため息交じりに言ったけれど、朝田さんはかまわずさきちゃんとの出会いの話、ビジネス街での一件を話し始めたのだった。

一週間前、わたしと松永くんがさきちゃんのお父さんを見つけ、さきちゃんと朝田さんを追いかけたあの後、わたしたちは一組の親子の再会に立ち会うこととなった。

わたしは生まれて初めて、大の大人が大泣きしているところを目の当たりにした。

一瞬だけ視線を投げかけては立ち去っていく大勢の歩行者の中、さきちゃんのお父さんは地面に膝をついて、涙を流しながらさきちゃんをきつく抱き締めていた。

この一件の発端であり、張本人であるさきちゃんはというと……大きく戸惑いながら、されるがままお父さんの体に身を寄せていた。まさかここまで大きなリアクションが返ってくるとは思っていなかったらしい。

その何とも言えないさきちゃんの表情を見て、松永くんが静かに笑い始めた。その笑い声を聞いたわたしと朝田さんも、つられて顔を崩したのだった。

さきちゃんの中では、お父さんへの別れの言葉をまだ言えていなかったらしい。それが心残りとなり、胸の片隅にしこりとなって、幼い女の子の重荷となっていたようだった。下校途中の電車の中、お父さんを見つけてからのさきちゃんは、ずっと無我夢中だったようだ。

名残惜しそうに離れていくさきちゃんとテシガワラさん。けれど、その顔には、満ち足りたような笑顔が浮かんでいた。

「お姉ちゃん、お兄ちゃん、ありがとう」

お父さんと別れ、駅に着いた時、さきちゃんは助けとなってくれたわたしたちにニッコリとお礼を言ってくれた。

その帰りの駅のホーム。せっかくだからということで、朝田さんの提案によってわたしたちのグループメッセが作成されることになった。朝田さんはスマホを持っていなかったので、とりあえず三人でグループを作っておく。翌日に朝田さんが参加して、四人のグループメッセが完成した。

そのメッセ内で、朝田さんがさきちゃんと松永くんを久美子さんの家に誘ったことにより、今に至るのだった。

さきちゃんはこれからもう二度と、お父さんに会うことはないのかもしれない。それでも、さきちゃんが自ら大冒険に繰り出し、最後にお父さんに会えたことには、大きな価値がある。

さきちゃんがちゃんとお父さんとお別れできたこと、それだけで、わたしたちが奮闘した甲斐があった。わたしはそう、強く思う。


わたしたちがさきちゃんを電車の中で見つけてから、さきちゃんがお父さんと再会するまで。朝田さんがその経緯の説明を始めたのだけれど、その話し方が要領を得ず、しまいには話している朝田さん自身の頭がこんがらがってしまったようで、久美子さんは首をかしげるばかりだった。

その様子を見ていられなかった松永くんがバトンを引き継ぎ、最後まで一息に、親子再会の物語を久美子さんに話してあげた。朝田さんは恥ずかしそうに苦笑している。

「なるほど。そんなことがあったんだね。あんたが推理して、ちょこちゃんがあの子に寄り添ってあげて、少年が父親を見つけたわけだ」

ツバサとじゃれ合っているさきちゃんを見やりながら、久美子さんは言った。まあ、要約するとそういうことになる。

「なかなか良いトリオじゃないか。あんたたち」

朝田さんがでへへと顔をニヤつかせ、松永くんは、ふい、と照れ隠しのためにあらぬ方向に視線を投げる。わたしはというと……まあ、松永くんと似たような反応をしていた。

「我が子に会えないってのは、親としては本当に辛いことだからね。あんたたちは、良いことをしたよ」

久美子さんが人を素直に褒めるのは珍しいなと思っていたのだけれど、その言葉を聞いてわたしは納得した。

久美子さんは今、一人娘と疎遠になっている。そういった事情があるからこそ、自分と重ねて、わたしたちのことを褒めてくれたのかもしれない。

わたしは過去の経験から、この一件をさきちゃんの立場でしか考えられなかったけれど、人の親である久美子さんからすれば、さきちゃんのお父さんの方に感情移入してしまうのかもしれない。

「俺たちが二人に追いついたのも、ギリギリだったよな」

思い出したように、松永くんが口を開く。

「駅に到着するまでずいぶん時間がかかってたみたいだけど、朝田はあの子の歩調に合わせてゆっくり駅まで歩いてくれたんだろ？　そうでなきゃ、あの親子が会うことはなかったかもな」

「ああ、それね……」

朝田さんの返答は歯切れが悪かった。お代わりのカステラに伸ばした手を引っ込める。眉をひそめる松永くんに、朝田さんは言う。

「あたし、ちょっと道に迷っちゃってさぁ……。いやーけっこう焦ったよ。さきちゃんの帰りが遅くなってお母さんに怒られたらどうしようって……。まあでも、結果オーライだったね！」

朝田さんのその言葉に、松永くんは呆れたように口を半開きにしている。部屋中に久美子さんの笑い声が響き渡った。

「ちょこちゃんの抜けたところがなければ、親子の感動の再会はなかったわけだ。こりゃあ、ちょこちゃんのお手柄だねぇ」

久美子さんのその言葉に、朝田さんがぽりぽりと頭を掻いている。

「いやいやいや。これ、褒めてないから、絶対」

朝田さんのニヤケ面に、わたしはそう言ってやった。

第四章　焦燥のスプリンター

月が変わり、十月になった。九月の残暑もひと段落し、過ごしやすい季節になってきた。夏が苦手なわたしは、大好きな寒い季節の到来に胸を躍らせる。

世間が、やれ夏休みだバカンスだと活発になる夏が、わたしはどうしても好きになれない。寒い季節特有の物静かな雰囲気というか、ひんやりとした空気感が、わたしは好きだった。

こんなことを言うと、美由紀はえぇーとか言いながら反発し、久美子さんは小馬鹿にしたようなことを口にする。捻くれものが、とか、天邪鬼が、とか。

わたしが死神の家に出入りするようになって、もう少しで半年が経とうとしていた。学校の授業を終えた放課後、美由紀と一緒にこの家にお邪魔するのが、わたしの日常となっていた。

夏に入った頃までは、美由紀のことを朝田さんと呼んでいたのだけれど、下の名前で呼んでほしいという本人のリクエストに応えて、美由紀と呼ぶようになった。苗字から下の名前に呼び方を変えるのは、最初はどうしても照れ臭く感じていたけれど、最近やっと、少しずつ慣れ始めたところだ。

その美由紀とわたしが、この家にお邪魔するレギュラーメンバー。美由紀がこの家を訪れる理由の半分は、久美子さんとツバサに会うため。もう半分は久美子さんの出してくれるお菓子目当てだ。

そして、それに加えて二人のサブメンバーがこの家に出入りしていた。

一人はわたしと美由紀のクラスメイトである松永くんだ。彼は部活が休みの木曜日に、わたしたちと一緒に久美子さんの家にお邪魔している。

本が好きな松永くんは、ミステリ小説の話で久美子さんと話が合うようだ。オススメの本や、読んだ本の書評を言い合っている。とはいえ、お互いに口数が多い方ではないので、大体は黙ったまま本を読んでいることが多い。

もう一人のサブメンバーは、小学校二年生のさきちゃん。わたしたちはひょんなことからこの子に出会うことになったのだけれど、それ以降、土曜日にさきちゃんが久美子さんの家に遊びに来るたび、親交を深めている。

「そういえばさぁ、最近うちのクラスで、ちょっと面白い噂話があるんだけど」

連休明けの火曜日の放課後。今日はわたしと美由紀の二人で久美子さんの家に来ていた。紅茶を啜りながら、わたしは久美子さんと松永くんにオススメされたミステリ小説に挑戦しているところだった。

わたしは顔を上げて、ちょっとだけ聞く意思を見せた。いちご大福を手に、にまりと笑う美由紀の表情を見て、わたしはなぜか嫌な予感がした。

「それはねぇ、かえちゃんに関する噂なんだよ」

わたしに関することなら、どうせろくなものではないだろう。少し前にも、わたしは死神と呼ばれる怪しげな人物と親交があり、その人物の家に入り浸っているという噂があった。

　そうやって久美子さんのことを不審者扱いし、わたしのことをおかしな子であるかのように言う。そういった真実を捻じ曲げた嘘を面白おかしく吹聴されるのは、わたしは嫌だ。

　まあ、その当時のわたしも久美子さんのことを動物を虐待する酷い人だと勘違いしていたので、あまり人のことを言えないのだけれど。

「あのね、かえちゃんと松永くんが……」

　これでもかというくらい、溜めを作る美由紀。

「……付き合ってるっていう噂！」

　これは捻じ曲げられたというレベルではない。ありもしない事実を聞かされ、わたしはこれ見よがしに盛大なため息を吐いた。

「ほお」

　文庫本を読んでいた久美子さんが、目を上げて感嘆の声を漏らす。どうやらそのあり得ない噂話に興味があるようだ。黙って活字を追っていればいいものを。

「かえちゃんと松永くん、クラスで時々喋ってるでしょう？　それを見て、女子の間で、そうなんじゃないかって……」

「そりゃクラスメイトなんだから、少しくらい喋るよ」

シャー芯ないから一本くれと言われたり、勉強でわからないところをお互いに教え合ったり。あと少し、本のこととか、わたしが日課としているランニングのことを聞かれたり。本当にその程度だ。

「っていうか、なんでわたしなわけ？　いつも大声で松永くんを誘うのは美由紀なんだし、美由紀と松永くんが勘違いされるならまだわかるけど」

「それは……」

わざとらしく手をもじもじとさせて、美由紀が口を開く。

「かえちゃんと松永くんが、お似合いの美男美女だからだよ」

「茶化さないで」

美由紀のからかいを咎めるように、わたしはぴしゃりと言った。

「ホントだよ。ねぇ、久美子さん？」

同意を求めるように、美由紀が久美子さんに聞く。久美子さんは目を細め、言葉を吟味している。

「……」

「まあ、少年は背が高いからね。スポーツマンらしくスタイルがいい。あんたは……」

わたしを見やりながら、久美子さんは唸る。

「まあ、美人の部類に入ると言えなくもないね」

「なにそれ。素直に美人だって褒めればいいのに」

そうやってまわりくどい言い方しかできないあたり、この人は本当に捻くれている。

「なんだい！　ちょこちゃんが褒めれば茶化すなって言って怒ったり、あたしが褒めてやれば素直になれだって？　なんて自分勝手な子だろうねぇ！」

「そうだそうだ！」

「……」

久美子さんと美由紀が結託してわたしを責めてくる。まあ確かに、そう言われれば何も言い返すことができない。ぐむむ、とわたしは口をへの字にして無言を貫いた。

「まあ、無口で無愛想な者同士が喋ってたら、そう思われるのも無理はないかもね。それが男女ならなおさら、そういう噂が立ってもおかしくはないと思うけど」

にやつきながら、久美子さんが言った。

「これ、女子の間でしか流れてないよね？　松永くんが知ってるなんてこと、ないよね？」

もしこの噂を松永くんも知っていたなら、どんな顔をしてこれから接していいかわからなくなる。

「うん、知らないと思うよ」

わたしの質問に、美由紀がそう返答をした。それが事実であることを、わたしは切に願った。

そんなやりとりがあった次の日。お昼前の四限目の授業は体育だった。一組と二組の女子が入り交じり、長距離走のタイムを競った。北棟と南棟を周回した後、グラウンドのトラックでゴールするというもの。

スタート直前、美由紀から「一緒にゴールしようね」というお決まりのセリフを言われたけれど、わたしはスタートダッシュを決めて即座に美由紀を裏切った。背後から美由紀の断末魔の叫びが響いたけれど、聞こえないふりをした。

タイム計測有りの長距離走。わたしは終始、上位グループの最後尾あたりにはくい込むことができたけれど、陸上部の生徒たちには追いつけなかった。日頃ランニングに励んでいるとはいえ、現役を去って半年、さすがに本職の方々に張り合うだけの心肺機能を備えてはいなかった。

先頭を走るのは、クラスの女子の仕切り役の末岡さん。陸上部員でもある末岡さんは、後ろから見ていてもフォームに無駄がなかった。短距離の選手なので長距離は専門外だと聞いたことがあるけれど、走る姿は、女のわたしが見ても惚れ惚れするような格好良さだった。

「ねえ」

　突然、声が聞こえた。長距離走の最中にお喋りを始めるなんて、ずいぶんと余裕のある人もいるものだ。わたしは感心する。

「松永と付き合ってるって、ホントなの？」

　それを聞いて、わたしは話しかけられたのが自分であることに気付いた。右横を見やると、名前の知らない女子がわたしの目をじっと見ていた。一組の子だろう。

　長距離走も中盤に差し掛かっている。こんな状態で息切れせずに喋れるとは只者ではないな。おそらく陸上部員だろう。

　先頭の方を見やると、こちらに振り向いた末岡さんと目が合った。どうやらこの陸上部員は、彼女の差し金で間違いなさそうだ。

　今はタイム計測有りの長距離走の最中だ。自らの心肺機能のことを考えても、言葉を発する余裕なんてない。わたしは無言を貫いた。

　その陸上部員と思われる女子は、それ以上何も聞いてこなかった。走っている最中でない時に聞かれたらちゃんと答えよう。わたしはそう心に決めて、長距離走に専念した。


　体育の授業が終わり、昼休みに入る。お弁当を広げていると、美由紀がわたしの席の隣まで来てくれる。

先ほどの体育の長距離走。一緒にゴールしようという美由紀の言葉をわたしが無視したことに対して一通り文句を言われた後で、二人だけのランチタイムが始まる。

「篠崎、何位だった？」

突然、男子特有の低い声が聞こえた。振り向くと、そこには松永くんがいた。

「十位だった」

「帰宅部にしちゃ速すぎるな」

そう言って、松永くんは笑った。それに続いて、美由紀が自分の順位を報告する。下から数えた方が早い順位だったので、もっと頑張れ、と松永くんに励まされる。

「体育館の窓から見えたんだ。先頭は相変わらず末岡だったな」

「末岡さんって、短距離専門だよね？　それなのに長距離も速いんだね。フォームもすごく綺麗だった」

わたしは素直な感想を松永くんに言った。

「まあな。あいつも中学の頃からずっと陸上やってるからな。俺たちがどんだけ今まで走り続けてると思ってんだよ」

松永くんは胸を張りながらそう言った。俺たち、という言葉から、末岡さんに対する、松永くんの仲間意識のような絆を感じた。

「松永くんと末岡さんは、ずっと陸上一緒にやってきたの？」

「一緒っていうか、まあ。同じ中学だったしな」

美由紀の質問に、松永くんはあっけらかんと答えた。

「やっぱり最大のライバルは末岡さんだねぇ」

「……やめて」

美由紀が下世話な表情を作り、わたしに言った。どうやら女子の間で広まる噂話のことを言っているらしい。

「まあ、末岡に勝つなら相当な特訓をしなきゃ無理だろうな」

その美由紀の言葉を、競走の勝ち負けと捉えた松永くんが笑っている。噂話が松永くんには知られていないことを悟り、わたしは少し安堵する。

「そうだ。今度、陸上の大会があるんでしょ？　観に行ってもいいかな？」

思い出したように、美由紀が言った。十月の中旬に陸上の大会があるらしいと、前にも美由紀は言っていた。みんなで松永くんを応援しようと、美由紀が久美子さんとさきちゃんにも提案していたことを思い出す。

「……別に、来たけりゃ来ればいいさ」

その松永くんの返答に、美由紀が大きく頷いた。わたしも少し興味があったので、美由紀の提案はありがたかった。もし陸上を続けていたら、わたしも出ていたかもしれない。

照れ臭そうにしている松永くんが、お弁当を片手に教室を出ていく。彼曰く、一人で心安らかにお弁当を食べられる、絶好のスポットがあるらしい。わたしが何度聞いても松永くんは教えてくれなかったけれど。

わたしが松永くんから視線を外すと、とある女子グループがわたしたちを見ていたことに気付く。廊下側一番前の席、女子陸上部のグループ。長距離走の最中にわたしに話し掛けてきた女子も、そのグループの中にいた。隣のクラスから昼食のために越境してきているらしい。

結局、長距離走が終わった後に、その女子がわたしに噂の真意を聞きに来ることはなかった。わたしと松永くんが付き合っているなんてあり得ない事実を、わたしはまだちゃんと否定できていない。

グループの中には、陸上部のリーダー格、ひいてはこのクラスの女子のまとめ役のような存在である末岡さんの姿もあった。末岡さんはわたしたちの方を一瞬だけ見やった後で、ふい、と視線を逸らす。

「松永くん、二年生なのに百メートルの県大会記録出しちゃうかもって期待されてるんだよ。すごいよね！」

彼女たちの視線に気付いていない美由紀が、浮ついた声を上げた。

＊

放課後に用事があると美由紀が言うので、今日はわたし一人で久美子さんの家に行くことにした。六限目を終えたわたしは、教材を鞄に詰め込み、下校の準備を進める。部活動のある生徒は部室へ向かい、わたしのような帰宅部は大人しく帰宅する。騒がしくなってきた教室をあとにし、下駄箱で上靴から外履きの靴に履き替えた。

突然、聞き慣れない声に呼び止められる。

「篠崎さん、今帰り？」

わたしのことを呼び止める生徒はこの学校では二人だけ。美由紀と松永くん。美由紀はわたしのことをかえちゃんと呼び、松永くんは篠崎と呼び捨てにする。わたしのことをさん付けで呼ぶのは……先生？　やましいことをした覚えはないのだけれど。

振り返ると、意外な人物が立っていた。末岡千尋。今日の体育の授業、長距離走で一位を取った陸上部員。そしてスクールカーストの最上位に君臨する、みんなの憧れの女子生徒。今日は部活がある日のはずだけど……。

「今日、調子悪いから部活休もうかなと思って。駐輪場まで一緒に歩こうよ」

わたしの思考を読み取ったような言動だった。拒否する理由もなかったので、わたしはこくりと頷いた。嫌な予感しかしなかったけれど。

靴に履き替える末岡さんを待つわたしは、それとなく、彼女を観察してみることにした。ショートカットのよく似合う、快活なイメージのアスリート。長身でスタイルも良く、男子からの人気も高い。

松永くんと並んで歩いたら、さぞかしお似合いだろうな。誰もが抱くであろう感想を、わたしもまた思い浮かべる。松永くんと末岡さんは、陸上部員として付き合いが長い。二人の心の距離がどれほどのものかは、もちろんわたしは知る由もないけれど。

「ねぇ、篠崎さんってさぁ」

末岡さんの声には、取り繕ったようなよそよそしさがあった。わたしと末岡さんは仲が良いわけではない。無理をしてでもわたしと関わりを持とうとしてくれているのだったら、とても嬉しいのだけれど……。

「部活が休みの日、松永と放課後に会ってるらしいね」

案の定、末岡さんはそんな言葉を口にした。

「うん、朝田さんと一緒にね」

二人きりで会っているようなニュアンスだったので、美由紀の名前を出しておいた。

「どこで?」

「……友達の、家で」

わたしと久美子さんの関係を的確に表す言葉が見つからなかったけれど、友達という言葉が、思いついた言葉の中では一番妥当だと思った。

「それって、おかしなおばあさんの家？」

からかうような声色だったので、わたしは思わず末岡さんを睨みつけてしまった。

「あ、ごめんごめん。怒らせるつもりはなかったんだ」

わたしを怒らせたことではなく、久美子さんを馬鹿にしたことを謝ってほしかった。

固い表情を変えずに、わたしは末岡さんから視線を外す。

「篠崎さんは松永のこと、どう思ってるの？」

好きなのかどうか、それも異性として。そう問うているのは明白だった。

「末岡さんはどうなの？　人に聞くなら、自分から話すのが当たり前でしょ？」

わたしの棘のある発言に、末岡さんは顔をしかめる。

「……まあ、そうだね。うん。その通りだと思う」

自らの怒りを抑え込み、末岡さんはそう言った。きちんと自分の感情をコントロールできている。伊達にクラスの女子のリーダー格を務めてはいないということか。部内でも、その求心力は目を見張るものがあると、松永くんが言っていた。

「なら、あたしが松永のことをどう思っているかを言ったら、篠崎さんも教えてくれるってことだよね？　その場合、篠崎さんに拒否権はないよ？　人に聞いたら、自分のことも話すのが当たり前なんでしょ？」

　早口でまくし立てる末岡さんをわたしは滑稽（こっけい）だと思ったけれど、言っていることは間違っていない。言い淀んだわたしを、末岡さんは満足そうに鼻で笑った。

「……なんてね。ごめんごめん」

　わざとらしく舌を出し、末岡さんは笑った。緩急をつけて、相手の心を掌握しようとしている。この人、どこかで帝王学でも習っているのだろうか。

「あたし、松永と付き合い長いんだ」

「うん、聞いてるよ。ずっと陸上、一緒にやってるんだよね」

　わたしの他意のないその言葉に、末岡さんは少し意外そうな顔をした。

「あたしは松永のこと、大抵のことなら知ってる。苦楽を共にしてきたからね。あたしが今まで陸上を頑張ってこられたのも……」

　そこで言葉を一区切りして、末岡さんはわたしの目を真っ直ぐに見据える。

「松永のお陰なんだ。それくらい、大切な存在だよ」

　まるで舞台女優の演技を見ているようだった。人の心にダイレクトに伝わる仕草、言動。その全てを、末岡さんは理解しているようだった。

「それで？　篠崎さんは？」

今度はわたしの番だ。

「わたしは……」

あれだけのことを言ったのだから、ここでだんまりは決め込めない。

「……仲の良い、友達だよ」

「……ふーん」

「さっき末岡さん、今日調子悪いって言ってたの、嘘だよね？」

脈絡のない言葉を、わたしは末岡さんに投げかけた。

「わたしと話した後、回れ右して部活に戻るんでしょう？　だったらここまででいいよ。さよなら」

末岡さんの表情を確認せずに、わたしはその場で走り出した。末岡さんに一泡吹かせてやろうなんてつもりはない。わたしはただ、この場から逃げ出したい一心だった。

この末岡さんとのやりとりに、一体何の意味があったのだろうか。言いようのない虚無感に襲われ、わたしはひどく疲れていた。

末岡さんはわたしに、何を言いたかったのだろう。どんな意図があって、わたしに声を掛けたのだろう。

わたしを脅すことによって、松永くんから身を引かせるため？　わたしに迷いを生じさせて、わたしと松永くんとの関係を阻害しようとしている？　なんて馬鹿馬鹿しいのだろう。

今のわたしと松永くんの間に、恋愛感情のような強くて過激なものはない。

一人は好きだけど、孤独が好きなわけではない。前に松永くんが言ったその言葉に、わたしは激しく共感した。その日からわたしは、松永くんが自分と同類であることを理解した。

ただそれだけなのに。お互いが気兼ねなく、適度な距離を保っていられる関係。わたしと松永くんはただそれだけの関係でしかないのに、周囲はそれを理解しようとしない。

なんにせよ、末岡さんが松永くんに、男女としての好意を持っていることは明確に把握できた。まあ、だから何だという話だけれど。

＊

わたしが越してきたこの町には、国内での大規模な大会で使用されるほどに大きくて立派な陸上競技場がある。そこで松永くんが出場する高校陸上競技会が開かれるそうだ。

その競技場には、わたしの家の最寄駅から出ている市バスで、三十分で行くことができる。わたしと久美子さん、美由紀と、そしてさきちゃん。四人で一度久美子さんの家に集合して、応援に行くことになった。

さきちゃんを連れての遠出は初めてだったけれど、美由紀は何度もさきちゃんを迎えに行っているので、すっかりお母さんから信用されている。お出かけの許可をもらうのも、そんなに難しいことではなかったみたいだ。

美由紀はみんなでお出かけできることにはしゃぎ、さきちゃんはスポーツ観戦という未知の体験ができることに胸を弾ませ、久美子さんはというと……。

「まさかあの少年が、そんな記録を期待されるほどのすごい子だったとはねぇ」

と、驚きを隠せない様子。そう、わたしたちは今日、県内の高校陸上史に残る瞬間に立ち会うことができるかもしれないのだ。


競技場に向かうべく、わたしたちはバスに乗り込む。美由紀が最後列の席に陣取ってくれたので、四人並んで座ることができた。

美由紀とさきちゃんがじゃれ合い、わたしが静かにしなさいと二人を咎める。これじゃまるで、わたしが二人のお母さんのようだ。

久美子さんは一人静かに、窓際で文庫本を広げていた。車に揺られながら本を読んで酔ったりしないのかな。

「あの本、読んでるのかい？」

　こちらの視線に気付いた久美子さんが、わたしに聞いた。久美子さんと松永くんがオススメしてくれた本のことを言っているのだろう。

「うん。今中盤くらいかな。面白いよ」

「そうかい」

　そこで会話が途切れる。ふと、わたしは久美子さんに質問をしてみた。

「ミステリの面白いところっていうか、魅力って何なのかな？　久美子さんにとっては何だと思う？」

　久美子さんは顔を上げて口を開いた。わたしの質問に考え込むことなく、その返答を口にした。

「ミステリってのは、人間という存在をこれ以上なく表現するための、一種の芸術作品なのさ」

「芸術作品かぁ。ずいぶんとまた大きく出たね」

　わたしのからかいを失笑で受け流し、久美子さんは続けた。

「ミステリの構成要素は二つ。巧妙に仕掛けられたトリックと、それに見合うだけの……」

「……？」

「動機さ」

「動機？」

「そう。人間は利益や道理だけじゃ動かない。人間を強く突き動かすのは、内に秘めた感情だからね」

「犯人の動機がしっかりと描かれていないと、その作品は面白いとは言えない、ってこと？」

　わたしの問いに、久美子さんは目を細めて頷いた。嬉しそうな久美子さんを見て、わたしも少し、嬉しくなる。


　陸上競技場に到着。バスから下車したわたしたちは、周囲の一般観戦客の流れに乗って入り口へと向かう。

　大きな競技場を目の前にして、さきちゃんは息をのんでいる。遊園地や商業施設とは違う、巨大なスポーツ施設の迫力にのまれているようだ。美由紀も興奮して、わたしの腕を取りながらはしゃいでいる。

　かくいうわたしも、競技場に来るのは久しぶりだ。現役時代の競技前の緊張を思い出し、心臓がいつもより少し速く脈打つのを感じていた。

　久美子さんはさすがに、落ち着いた様子を見せている。

「あたしの娘も、陸上をやっていてね」

わたしの視線に気付いた久美子さんが、そう呟いた。それ以上は何も言わなかったし、わたしも何も聞かなかった。

久美子さんが少し寂しそうな表情をしていたから、わたしはそれ以上聞けなかったのだ。

突然、ポケットに入れていたわたしのスマホが震えた。断続して振動しているのでメールではなさそう。取り出して画面を確認すると、松永くんからの電話だった。わたしのスマホに電話がかかってきたことにも驚いたけれど、その相手が松永くんであることにわたしはさらに驚いた。

「もしもし」

電話に出るのはいつ振りだろうか。どぎまぎしながら、わたしはスマホを耳に当てた。

『……ああ、悪いな。今、バスの中か？』

松永くんは遠慮気味にそう言った。今から大一番が始まろうとしている注目選手が、どうしてわたしなんかに……。

「今降りたところ。どうしたの？　急に」

『そうか。なら丁度良かった。実は頼みたいことがあってな……ホントならケータイは更衣室に置いてこなきゃならないんだけど、監督の目ぇ盗んで電話かけてるから、手短に言うぞ』

　いつもの落ち着いた声色は鳴りを潜め、松永くんは不安そうに、わたしに、わたしたちに、とある依頼を持ちかけたのだった。

『いつも大会の時に持ってきてる俺のお守りが、失くなっちゃってさ。それを探してほしいんだ。今気付いたんだよ。バスに乗ってた時は手に持ってたから、競技場までの道中に落ちてるかもしれない』

　口には出さなかったけれど、わたしはその時、たったそれだけのために松永くんがわたしに電話をかけてくる理由が理解できなかった。しかもこんなに動揺して。

「周りの人に聞いてみたの？　お守りをどこかで見かけなかったかって。例えば、末岡さんとか」

　数日前の昼休み。松永くんと美由紀の三人で彼女の話をしていたこと。それと、わたしは末岡さんとの一対一のやりとりを経験していたから、咄嗟に末岡さんの名前を口にしていた。

『バスの到着が遅れて、時間がなかったんだ。バス降りてすぐに、男女で分かれて更衣室に直行したんだよ。今もそのまま更衣室のすぐ外の外周でアップの最中だから、女子部員には観客席で合流するまで会えないんだ。それに……』

わずかな沈黙の後に、松永くんは恥ずかしそうに言った。

『誰にも言えないよ。監督にも、部員にも。たかがお守り一つ失くしたくらいで……』

「……」

誰もが期待を寄せるこの有望な選手には、他の誰にも言えない秘密があった。そのお守りは松永くんにとっての、周囲の重圧に耐えるための武器でもあり、心の拠(よ)り所でもあるのかもしれない。

「お守りの特徴は？」

依頼承諾の返事代わりに、わたしは松永くんにそう聞いた。

『形と大きさは、普通のお守りって感じだ。色は紫で、金色の字で交通安全って書かれてる』

「交通安全なんだ？」

なんとも場違いな、素っ頓狂な質問をしてしまった。でもだって、仕方ないと言えば仕方ない。どうして競技の健闘を祈るお守りが交通安全？

『悪いかよっ！』

松永くんは恥ずかしそうに声を荒らげる。思ったよりも萎縮していなくてなによりだ。

「誰からだったの？」

通話を切ったわたしに、美由紀が遠慮気味に聞いてくる。わたしの表情を汲み取ってくれたようだ。松永くんのことを心配するわたしのことを、美由紀もまた、心配してくれている。

「松永くんから」

「えっ！」

美由紀は驚いた表情を見せた。そりゃまあ、わたしも松永くんからの電話に驚いたのだから無理はない。わたしは美由紀、それに久美子さんとさきちゃんに、松永くんとの電話の内容を説明した。

「やっぱり松永くんにとっての信頼できる存在は、かえちゃんなんだねぇ」

蚊帳の外にされた寂しさを吐露したのだと思ったのだけれど、その美由紀の顔は、いやらしくにやけている。先日からの噂話に続く美由紀のからかいだと気付いたわたしは、軽くため息をついた。

久美子さんも美由紀に便乗して、にやりと笑みを浮かべている。二人の様子を見たさきちゃんも、何かを感じ取ったのだろう。二人と同じように、いやらしく笑い始めた。

この歳で既にそういったことを敏感に感知するセンサーは身についているものなのか。とかく女とは、この手の話題が好きな生き物らしい。

「それにしても、あんなに動揺する松永くんは初めてかも。なんだか松永くんらしくないな」

わたしが率直な感想を述べると、美由紀がうーんと唸る。

「そのお守りがとても大事なものなのか、それかもしかしたら……なんとかルーティンっていうやつかも！」

美由紀の口からおかしな言葉が飛び出し、わたしは眉をひそめる。

「なんとかルーティン？」

「うん、テレビで聞いたことあるんだ。スポーツ選手が試合前とかにする、儀式みたいなものなんだって」

「儀式……」

「野球選手がさ、バットをくるくる回したり、ピンって立てたりするでしょ？　普通の人から見れば意味無いように思うけど、あれも全部なんとかルーティンっていうやつらしいよ。いつもやってる動作を繰り返すことで、心を落ち着かせて集中力を高める効果があるんだって」

「なるほど。少年はバスの中で、ずっとお守りを手に持ってたって言ってたね。それがあの子にとってのなんとかルーティンってわけか」

　そういうものもあるのか。言われてみると、前の学校でも競技場には必ず右足から入らないと良い記録が出ないとか、そんなことを言っていたチームメイトがいた。

「いわゆる願掛けやゲン担ぎみたいなもんかね。その精神統一に必要なお守りを、道すがらでいいから探してほしいってわけだ」

「うん。とにかく、入場口まで行って競技場の案内図を見てみよう。それで、バス停から男子更衣室まで、道に落ちてないか探してみようよ」

「これってもしかして……」

　美由紀が目を見開く。

「男子百メートルの県大会記録は、あたしたちの手にかかってるってこと⁉」

「そんな大袈裟な……」

　わたしは美由紀の言葉に呆れながらも、松永くんが周囲から大きな期待を寄せられている事実を改めて思い出した。

　その期待の重圧に抗うために、松永くんにあのお守りが必要なら……。

「さきちゃんも、お守り探すの手伝ってくれる？」

　さきちゃんに言うと、その大きな目をキラキラさせて何度も頷いてくれた。

　こうして、松永くんの助太刀をするための女四人の大捜索が始まったのであった。

*

バス停まで戻ると、そこから入場口の案内看板まで、わたしたち四人はできるだけ広範囲に散らばりながら、地面に視線を向け、松永くんのお守りが落ちていないかを確認しながら歩みを進めた。

美由紀とさきちゃんは、まるで匂いを嗅ぎながら危険物を探索する警察犬のように地面を凝視している。その歩みもゆっくりで、妙に目立つ。周囲の通行人の不審な目に晒(さら)され、一緒にいるわたしはなんだか少し恥ずかしくなってくる。

大きな案内看板前に到着。美由紀があれやこれやと指を指しながら作戦を練っている。案内看板によると、バス停を降りてすぐのところから競技場の敷地になっているらしく、この広大な外周の全てが競技場の管理下にあるらしい。

更衣室は男女で場所がかなり離れている。松永くんの言ったとおり、バス停を降りてすぐに男女二手に分かれないと、更衣室に直行できないような位置関係だった。

わたしはスマホを鞄から取り出して、競技場事務所の電話番号をネットで調べた。みんなで念入りに道中を探索中だけれど、もう既に誰かの手によって拾い上げられ、拾得物として届けられている可能性もある。

美由紀とさきちゃん、久美子さんも、懸命にお守りを探してくれている。みんなの頑張りに報いるためにも、わたしはわたしのできる限りのことをしよう。わたしはスマホを強く握りしめた。

電話に出た職員に、用件を伝える。

「あの、落とし物が届いてないかを確認してほしいんですけど……」

事情を話し、お守りの特徴を説明した。

『今は届いていませんね』

覚悟していたつもりでも、わたしの落胆は小さなものではなかった。

「もし届けられることがあったら、連絡してもらえますか？」

職員に連絡先を教え、通話を切る。

はたと思い立ち、わたしは市バスのホームページを検索した。落とし物センターの電話番号を調べ出し、すぐさま発信のボタンをタップする。

松永くんはバスの中でずっとお守りを手に持っていたらしいけれど、そこで落としてしまった可能性はゼロではない。

『そのようなお届けは、今はないですね』

こちらも駄目か。わたしは胸中だけでため息をつく。

『駅から何時出発の便か、わかりますか？』

女性の職員がわたしに問う。

「その、落とした人の乗っていたバスが競技場に到着してから三十分は経ってると思うんですけど……あっ、バスの到着が予定時間より遅れたって言っていました」

『でしたら、陸上競技場七時五十分着の便ですね。バスの到着が遅れましたこと、ご迷惑をおかけいたしました。既にこちらに帰ってきて納車されているので、今から探してみますね』

「あっ、でも……無い可能性の方が高いのに……」

『とても大事なものなんでしょう？』

女性職員はそう言った。わたしの声色から、そう感じ取ってくれたのかもしれない。

『何もせずにもやもやするのと、できることを最後までやるのとでは、大きく違いますから。結果的に見つからなくとも、ね』

その親身な女性職員に、わたしはお礼の言葉を述べた。わたしは同年代の子と比べたら大人びている方だと自惚（うぬぼ）れているけれど、大人からすればわたしなんてか弱い女の子でしかないのだろう。少し悔しいけれど、今はその大人の頼もしさが嬉しかった。

『見つからなくとも、結果はまたあとでお知らせします。差し支えなければ、連絡先を教えていただけますか？』

わたしは先ほどの競技場職員にそうしたように、市バス職員にも連絡先を教え、通話を切った。

　バス停から案内看板、そこから男子更衣室まで。四人で道中をくまなく探索したけれど、結局松永くんのお守りは見つけることができなかった。

　美由紀とさきちゃんは肩をがっくりと落としながら、とぼとぼと歩いている。この二人はホントに、血の繋がった姉妹なのではないかと思ってしまう時がある。行動や仕草がそっくりなことがよくあるのだ。

「まあまあ、そう気を落としなさんな。あんたたちが懸命に探してくれたことを知ったら、あの少年も喜ぶだろうよ」

　久美子さんは二人にそう言った。久美子さんのその言葉は気休めでもあるのだろうけれど、優しい松永くんなら確かに笑ってお礼を言ってくれそうな気もする。

＊

　階段を昇り、観客席に到着。熱気とまでは言わないまでも、辺りは既に賑やかになっていた。競技が始まる前の興奮と緊張。競技者の家族、友達、大勢の観客が今か今かと競技の開始を待ちわびていた。

「あっ！　見てアレ！」

　美由紀が大きな声をあげ、遠くを指差す。その人差し指の先には、大きな横断幕が観客席の真下に広げられていた。その横断幕には……松永蒼太の名前がでかでかと書かれていた。疾風迅雷。四文字熟語とともに書かれた松永くんの名前。その字体はとても派手で、力強いものだった。

　いつもはそんな凄いところを見せつけてくるわけではない。教室にいる松永くんはいつも一人静かに佇んでいるし、久美子さんの家にいる時はわたしの隣で黙々と本を読み進めているだけ。そんな松永くんが、あんな大きな横断幕を用意され、みんなから注目されるほどの選手であることに、わたしは今更ながら驚いていた。

　こういうの、なんて表現すればいいのだろう。人は見かけによらない、とか？　能ある鷹は爪を隠す？　いや、なんかちょっと違うな。

「何て書いてあるの？」

　横にいたさきちゃんが、わたしに聞いてくる。

「アレにはね……」

　わたしはまるで、自分のことを自慢するかのように胸を張って言った。

「松永くんの名前が書いてあるんだよ」

とりあえずわたしたちは、松永くんの横断幕のある観客席へと向かった。アウェーの席で応援するよりかは、ホーム席で応援した方がいいだろう。

そして何より、わたしたちは松永くんに伝えなければならないのだ。それも、残念なお知らせを。お守りは見つからなかったという事実を。

松永くんの横断幕の真上にある観客席。そこにはちらほらと見知った顔があった。わたしと美由紀のクラスメイトのグループだ。男子は松永くん、女子は末岡さんを応援しに来ているのだろう。

と、突然観客席が沸いた。競技が始まったわけでもないのにどうしたのだろう。わたしは周囲の観客の視線の先を追った。

今日の主役である選手たちがウォーミングアップを終えてわざわざ観客席までやって来ていた。それぞれの選手が家族や友人のもとに駆け寄り、お互いに声を掛け合っている。これから始まる競技の健闘を祈り、励ます。そんなやりとりが、そこかしこで行われていた。

到着した選手は男子ばかりで、まだ女子選手の姿は見えない。男子と女子で分かれてウォーミングアップをしている。松永くんのその言葉を、わたしは思い出していた。

そんな中、わたしのよく見知った一人の男の子が、わたしたちのもとへと歩み寄ってきた。一際目立つ長身、彼が目立っているのはそれだけの理由ではないだろう。今回の県大会記録が期待される有望選手……。

「よう、さきちゃん」

松永くんは軽く片手を挙げて、そう言った。それに応えるように、さきちゃんも片手を挙げて、よう、と言った。その直後、さきちゃんは照れ臭さを隠すために、そそくさと美由紀の後ろにまわりこんだ。さきちゃんはまだ、数回しか会っていない松永くんに対しては慣れていないのだった。

「ばあさんも来てくれたのか」

「老人は時間だけは有り余ってるからね。暇つぶしに来てやったよ」

久美子さんの減らず口に、松永くんは失笑しながらわたしと美由紀を見やった。わたしは口をへの字に曲げ、美由紀はくすりと笑った。

周囲の視線が自然とわたしたちに集まる。松永くんに対する注目の視線が、一緒にいるわたしたち女四人組にも向けられてしまった、と言った方が正確だろう。

家族でもなく、男友達でもなく、恋人でもない。同級の女子二人に、おばあさんが一人、小さな女の子が一人という奇妙な組み合わせの集まりに、松永くんは一番に歩み寄ってきたのだ。そのおかしな光景に、周囲の人たちの疑念の声が聞こえてくるようだった。

「で……」

松永くんの表情が、少し曇る。

「お守り、あったか？」

わたしはその問いに、首を振った。

「そうか……」

みんなで頑張って探した。さきちゃんも一生懸命探してくれた。そう言おうとしたのだけれど、わたしはその言葉を飲み込んでしまった。松永くんの落胆の表情があまりにも深く、痛々しいものだったからだ。

ここまで、か。ここまで落胆するほどの大事なものなのか。美由紀からなんとかルーティンというものを聞いていたけれど、まさかここまであのお守りが松永くんにとって大事なものだったなんて……。

「とにかく、もう少し探してみるよ。松永くんは本番に集中して」

気休めでも何でもいい、声を掛けなければ。わたしはそう考え、松永くんに言った。

「……ああ」

松永くんは控えめな笑顔を作り、返事をした。その表情には、明らかに活力がない。

陰鬱（いんうつ）とした空気を払うように、また観客が沸いた。今度は女子選手が登場したようだ。

ウォーミングアップを終えた女子選手たちの中に、末岡さんの姿もあった。

「ちょっと、外の空気吸ってくるわ」

手に持っていたジャージを羽織り、松永くんは会場の外へと足を向けた。その後ろ姿は、いつもの松永くんよりも小さく、弱々しく見えた。

「まずいね、こりゃ」

「松永くん……」

久美子さんの呟きと、美由紀の心配そうな声。賑やかな観客席とは対照的な雰囲気が、わたしたちを包む。

「ねぇ」

と、不意に声をかけられた。その声の主は……。

「末岡さん……」

心底意外そうに、美由紀が声を上げた。それはそうだろう。わたしはもちろん、美由紀も末岡さんと仲が良いわけではない。たまたま同じクラスであるという、ただそれだけの関係だ。

「松永がお守り失くしたって、本当？」

末岡さんの鬼気迫る表情に、美由紀はたじたじになっている。さきちゃんにいたっては、もう完全に怯え切ってしまっていた。美由紀の陰に隠れながら様子を窺っている。

「うん……そうみたいなんだ。みんなで探したんだけど、見つからなくて……」

美由紀が遠慮気味に言う。

「市バスの落とし物センターには連絡した？」

末岡さんはじりじりと美由紀に近付きながら、脅迫するように聞いてきた。怖気付く美由紀を見て、わたしはなんだか可哀想に思えてくる。

「市バスの方は、わたしが……」

「そっか！　あたしたちはバス停から男子更衣室までの道のりを探しただけなんだけど、バスの中で落としたかもしれないよね。あたし、市バスのセンターに連絡してみるよ！　任せて！」

わたしの言葉を遮り、美由紀が胸を張って言った。

「いいよいいよ、こっちで連絡するから大丈夫。これはあたしたち陸上部の問題だから。朝田さんたちは連絡しなくていいよ。ありがとう」

丁寧ながらも、その有無を言わさぬ末岡さんの物言いに、わたしは違和感を覚えた。わたしは用心深く、末岡さんの様子を観察する。

末岡さんはあのお守りが松永くんにとってどれだけ大事なものかを知っているようだ。まあ、それはそうだろう。末岡さんはわたしたちとは比べものにならないくらい、松永くんとの付き合いが長いのだから。

それにしても、どうして市バスのことだけ聞いてきたんだろう。競技場で落としたと考えて、真っ先に競技場事務所に連絡を入れようと考えるのが普通ではないだろうか。

「でも、末岡さんたちも本番前だし、色々大変でしょう？　あたしたちはほら、暇だから。あたしたちが……」

「大丈夫だから。後輩にやらせる。朝田さんは連絡しなくてもいいから」

「でも、その後輩の子も、サポートとか色々あるんじゃ……」

「いいから、大丈夫だから」

美由紀の返答を待たず、末岡さんは踵を返し、部員のもとへと戻っていった。

「……あたし、なんかまずいこと言っちゃったのかなぁ？」

「ちょこちゃんは何も悪いことは言ってないよ。なんだいあの子は。感じが悪いねぇ」

わたしは久美子さんに、末岡さんのことを説明してあげた。中学時代から松永くんと一緒に陸上に励んでいるわたしたちのクラスメイトだ、と。

「とにかく、もう一度探しまわってみるしかないね」

美由紀が気を取り直してそう言った。

「男子は競技場の外周でウォーミングアップをしたらしいから、そこを探してみてもいいかも。男子更衣室のすぐ外。見つかる望みは薄いだろうけど」

　わたしは美由紀に提案してみた。今まで散々探したところをもう一度探すよりかは、可能性があるかもしれない。

「そう……だね。うん、そうしよう。今考えられることを、何でもいいからやってみようよ！」

　気合いの入った美由紀のその言葉に、さきちゃんが力強く頷いてみせた。本当にこの二人は息ぴったりだ。

「わたしはちょっと考えたいことがあるから、久美子さんとここに残るよ。二人で探してきてくれる？」

　わたしのその言葉に、美由紀は快活な返事をする。そのままさきちゃんと一緒に男子更衣室の方へと飛んでいった。

「あたしもあの二人とお守りを探してくるよ」

　聞いてほしい話があったのに、久美子さんはそんなことを言ってわたしを突き放す。

「久美子さん、ちょっと待って。わたしの話を聞いてよ」

「何か思い当たることがあるんだろう？　……最後まで、自分で考えな」

　こちらの心を見透かしたように、久美子さんはそう言った。

　またそれか。久美子さんはいつもそのセリフを吐いて、わたしに自発的に考えさせようとする。

わたしがこれ見よがしにしかめっ面を作ると、久美子さんは少しだけ笑ってから、美由紀とさきちゃんを追って男子更衣室の方向へとゆっくり歩いていった。

＊

久美子さんから置いてけぼりにされたわたしは、観客席近くの通路で一人、考えを巡らせていた。何か真相を掴めそうな予感がするのだけれど、この一件にはあまりにも複雑で歪な感情が介入しているかもしれないから、もし解決を見ても、晴れやかな気持ちにはなれそうになかった。

わたしの鞄の中のスマホに着信が入る。通話ボタンをタップして出ると、市バスの落とし物センターの女性職員からだった。

とても残念そうな声で、お守りは見つけられなかったことを教えてくれた。

「ありがとうございます。実は、こっちでお守り、見つかりました。お手数をおかけしてすみませんでした」

『本当ですか！　それはよかった！　とても大事なものだったんでしょう？　見つかってよかったですね！』

この人は本当に良い人なんだろうな。電話口の声を聞きながら、わたしはそう思った。

競技場の観客席。わたしは一人、誰とも喋ることなく考えに耽っていた。自らの推理に間違いがないか、どうすればこの推理が正解であることを確認できるのか、そして……この推理が正解だったとして、わたしがとるべき行動とは一体どういったものなのか。

わたしは、松永くんのためになることをしてあげたい。この思いは、美由紀も、さきちゃんも、おそらく久美子さんも持っているものだと思う。親しい男の子の力になりたいと、今もみんなで協力してお守りの捜索をしている。

今まで松永くんはわたしたちのために行動を起こしてくれた。美由紀が恥ずかしい思いをしなければならない事態を回避してくれて、さきちゃんのお父さんを見つけ出してくれて……間接的に、わたしのことすらも救ってくれた。

松永くんがいなければ、わたしは美由紀と友達になれなかったし、さきちゃんとこうして仲良くなることもなかっただろう。わたしを取り巻くこの素敵な人間関係は、松永くんのおかげで存在しているといっても過言ではない。

ならわたしは、松永くんのためになることをしてあげたい。そのために、わたしに一体何ができるのだろうか。

「ねえ、千尋見なかった⁉」

どれだけの時間考え込んでしまっていたのだろう。慌てふためくその言葉に、わたしは我に返った。

末岡さんの応援に来ていたクラスメイトの女子だった。わたしが同じクラスであるということは、認識してくれているらしかった。

「末岡さん？　見てないけど、どうかしたの？」

「もうすぐ女子の百メートルの予選始まるのに、どこにもいないの！　マジでどこ行ったの⁉」

仲良くもないわたしに聞いてくるくらいだから、相当切羽詰まっていることがわかる。わたしの返答を聞いたそのクラスメイトは、またどこかへと駆けて行った。

大慌てのその子には悪いけれど、思わぬところからもたらされたこの情報は、わたしにとっては大きな収穫となった。

わたしは確信した。自らの推理が間違っていないことを。

「おや？　もう考え事はいいのかい？」

推理を終えたわたしは、男子更衣室の近辺、男子選手たちがウォーミングアップをした競技場外周に到着した。わたしの姿を確認した久美子さんは、早速そう聞いてくる。

　美由紀とさきちゃんは、周囲をきょろきょろと見回しながら懸命にお守りを探していた。

「うん。もう大丈夫」

「お守りは、見つかったのかい？」

　わたしが何かに気付いたことを察したらしい久美子さんは、いたずらっ子のような表情でわたしに言った。

「わたしは……どうすればいいんだろう。松永くんのためになることがどういうことなのか……わたしにはわからない」

「うん？」

　わたしのただならぬ雰囲気を察した久美子さんが、不審げに声を上げる。

「ちゃんと包み隠さず事実を話せばいいのか、それとも黙っていればいいのか。ねぇ、どうすればいいと思う？　わたしは正しいことをしたい。わたしが間違ったことをして、松永くんが競技に集中できなくなるようなことには……絶対になってほしくない」

　わたしのこの言葉で、久美子さんは確信したのだろう。わたしが何かしらの事実に辿り着いたことを。

　お願いだから、真剣に聞いて。わたしは胸中だけで久美子さんにお願いした。

「正しくても間違っててもいいさ。自由に声を掛けてやればいい」

案の定、久美子さんはそんな無責任な言葉を使った。

「久美子さん、ちゃんと聞いて」

久美子さんは達観したような目をしていた。

「言い換えれば、人間のやることに正しいも間違いもないのさ」

こちらに向き直ると、わたしの目の奥を覗きながらこう続けた。

「そんなことよりもっと大事なことがある。それはね、その人に寄り添えているかどうか、だ」

久美子さんはわたしから視線を外し、美由紀とさきちゃんを見やる。わたしもつられて二人の方に目を向けた。

「その、あんたの言う間違いとやらを、あんたが犯してしまってもかまわないと、あたしは思ってる。それが誰かを想ってのことだったらね。あんたは少年のことを考えて、こうして今、うだうだと迷っている。それなら……」

死神がわたしを真っ直ぐに見据える。背筋がぞわりと震え、わたしは息をのんだ。

「もうあんたは正解しか選ばない。それが間違いだったとしてもね」

「……なにそれ、意味わかんないんですけど」

わたしの声から、自然と笑みが漏れていた。その矛盾した言葉に、わたしはなぜだか大きな力を得たような気がした。ふん、と鼻から息を吹き出し、口を開いた。

「ちょっと松永くんと話してくる。美由紀とさきちゃんに、お守り見つかったって言っておいて。一生懸命探してくれてありがとうって」

鞄からスマホを取り出しながら、わたしは久美子さんに言った。踵を返し、わたしは競技場の階段へと向かう。

視界の端に捉えた久美子さんは、静かに笑っていた。

＊

観客席から離れた備品格納庫の前。この辺りにはトイレもないので、誰かに偶然見られる心配もないだろう。この場でわたしは一人、電話で呼び出した松永くんを待つ。待つこと五分くらい。松永くんが小走りでわたしのもとへと来てくれた。

「話って、何だ？」

わたしは松永くんにまだ、一体何の用なのかすら電話口で伝えていない。

「お守り、見つかったのか？」

わたしが松永くんを呼んだのは確かにお守りの件でだけれど、松永くんのその問いにどう答えていいのかわからなかった。

「情けねぇよな。たかがお守り一つ失くなったくらいで狼狽えて」

わたしが言いあぐねていると、松永くんはそう言った。松永くんの表情からは焦燥が見てとれる。

確かに今の松永くんは、こんなに弱っている松永くんを見るのは、わたしは初めてだった。

松永くんは、頼りがいがあって、情けないと言えるかもしれない。今までわたしの見てきた今までの松永くんが、わたしにとっては優しくて、強いイメージしかなかったから。

「人にはちょっとくらい弱点があった方が、可愛げがあって良いんじゃないの？」

「……」

わたしのその言葉に、松永くんはニヒルに笑った。

一秒でも早く事実を伝えて、松永くんを安心させてあげたい。わたしは自らの推理の末に思い至った結論を、松永くんに伝えた。

「お守りは今ここにはない。だけど、必ず松永くんのもとに届けられる」

松永くんの表情から焦燥が消え、代わりに疑念や不審が浮かび上がってくる。それと、わずかな好奇心。どうやらわたしは、松永くんの知的好奇心をくすぐってしまったらしい。

「どういう意味だ？　篠崎はお守りの在り処を知っていながら、取りに行ってくれないのか？　それか、取りに行けない？」

松永くんの問いに、わたしは頷いた。

「あのお守りが、俺のもとに届けられる……何をどう考えたら、はっきりとそんなことが言えるんだ？　そもそも、届けられるってのはどういう意味だ？」

「今は何も言えない。でも信じて。お守りは失くなってなんかない。時間的には本番の少し前くらい、お守りは必ず松永くんに届けられるから。松永くんは安心して本番に挑んでほしい」

心底不思議そうに、松永くんが眉をひそめる。聡明な松永くんがどれだけ考えても、わたしの考えた結論には辿り着けないだろう。それは推理力の問題ではなく、わたしと松永くんの、この状況における情報量の違いにある。

それと、有り体（ありてい）に言えば……女の勘、というやつだろうか。

でも普通に考えて、こんなことを言っても信じてはもらえないだろうな。理由を言わず、素っ頓狂な結論だけを言われても……。

「わかった。お守りは失くなってないんだな？　それを聞けただけでも安心したよ」

「……」

松永くんははっきりと、わたしにそう言った。

「ほんとに信じるの？」

「うん？」

今度はわたしが戸惑う番だった。まさかここまで松永くんがわたしの言うことを聞き入れてくれるなんて。

「理由も聞かずに、お守りが手元に戻ってくるっていう話を、松永くんは無条件で信じるの？」

「いやいやいや……篠崎が言い出したんだろうが。信じろ、って」

心底可笑しそうに、松永くんが言う。

「そうだけどさ……」

「篠崎が言うなら、そうなんだろ。俺は篠崎が、さきちゃんの意図を見破ったところを見てるからな」

「……」

数ヶ月前の、さきちゃんと初めて出会ったビジネス街でのことだろう。

「俺は篠崎のことを信じる。その代わり、約束してくれ」

「……なにを？」

「大会が終わった後で、全部、話してくれ」

「……」

「篠崎が見聞きしたこと、何を考えて、どういう経緯で今の結論に至ったか、その全部だ」

わたしの目の前にいるスプリンターからは、もう焦燥は感じられない。今の松永くんは、謎の真相を知りたがる一人のミステリオタクでしかなかった。

できることなら、松永くんにだけは言いたくない。わたしが見聞きしたことも、結論に至った経緯も。

でも、わたしの、わたしたちの第一目的は、本番前の松永くんを安心させることだ。その目的を果たすために、わたしは松永くんの約束を受け入れるしかない。わたしは渋々こくりと頷いた。

「でも、わたしの推理は確実なんかじゃない。もしかしたら……」

「言うと思った。わかってるよ。もしお守りが失くなってたとしても誰も恨まないさ。みんなで探してくれたんだよな？」

「……」

「レース前に、篠崎と話せてよかった」

そういうこと言うんだ。いきなりそれを言うのは、ちょっと卑怯じゃない？……まあでも、今回の主役は松永くんだ。彼の気持ちが少しでも和らいだのなら、わたしがここまで来た意味もあったというものだ。

「で、俺はどうしてればいいんだ？　どうすればお守りを受け取れる？」

動揺していたのはわたしだけではなかったようだ。少しの照れを隠すように、松永くんが早口で聞いてくる。

「松永くんは普通にしていればいいよ。ああ、でもトイレとか更衣室に引きこもってたりしたら受け取れなくなるから注意して」

「……了解だ」

訳を聞きたくて仕方ないといった様子だったけれど、松永くんは何も質問をせず了承してくれた。

*

花壇に青いバラの造花が植えてある、わたしの近所では有名な死神の家。わたしたちはそこで、今回の大会の打ち上げというか、松永くんのお疲れ様会をすることにした。

メンバーはいつもの五人。今回の主役の松永くんと、この家の主人である久美子さん。それに、わたしと美由紀とさきちゃん。

松永くんの健闘を労う会といっても、そう大した食事を用意するわけではない。ご飯と味噌汁、簡単なサラダと、お肉の炒め物。ありふれた家庭料理をみんなで一緒に気兼ねなく食べる。ただそれだけのことなのだけれど、少なくともわたしにとっては、とても特別で楽しい食事会になりそうだった。

久美子さんが炒め物を手早く作り、美由紀がサラダを盛り付け、わたしは味噌汁を作る。松永くんとさきちゃんで食器を用意してくれ、五人で食卓を囲んだ。それぞれが大会でのことを言い合い、静かな笑い声が響く。

今日の高校陸上競技会、松永くんは二年生にして男子百メートル走の県大会記録が期待されていたのだけれど、その記録は今回はおあずけという形に終わった。それでも、予選を突破して決勝で一番になれたのだから、それだけで胸を張れる素晴らしい結果だと思う。

松永くんの大事にしていたお守りは、わたしの予想通り、本人の手元に戻ってきた。美由紀にお守りはどこにあったのかを聞かれた松永くんは、鞄の中にあった、と事実とは違う嘘をついていた。

頭を掻きながら謝る松永くんは、それと同時に、お守りを必死になって探したわたしたちにお礼の言葉を言ってくれた。

松永くんはそこで、交通安全と書かれたお守りのことも少し話してくれた。小学校に入学する時におばあさんが買ってくれたものだそうで、大事な時はいつも肌身離さず持っていたそうだ。

「それがいつの間にか大会の時に持ち歩くようになってて。恥ずかしい話なんだけど、あれがないと落ち着かなくてさ」

楽しい食事が終わり、さきちゃんはいつものようにツバサとじゃれ合っていた。

近頃、ツバサの元気が今まで以上になくなっているのが気になる。久美子さんは恐ろしいほど冷静に、そろそろかもしれないね、と悲しいことを言っていた。

「あまりツバサを疲れさせちゃいけないよ」

はしゃぐさきちゃんを、久美子さんがやんわりと咎めていた。ツバサは既にゴールデンレトリーバーの平均寿命を超えている。盲導犬としての現役時代の疲労を鑑(かんが)みても、ここまで生きてこられただけでも幸せだと言えるのかもしれない。

「大変！　さきちゃん、そろそろ帰らなきゃ！　お母さんが心配するよ！」

巨大な本棚の脇にある掛け時計に目をやった美由紀が慌てて言った。気がつくと、夕方の六時を過ぎている。もっとこの家で遊んでいたかったらしいさきちゃんは、渋りに渋りまくったけれど、結局観念して帰り支度を始めた。

「さきちゃんを送ってくるね。もう遅いから、あたしもそのまま帰るよ」

わたしと久美子さん、松永くんに挨拶をして、美由紀とさきちゃんは各々の家に帰っていった。

「じゃあ、わたしもそろそろおいとまさせてもらおうかな……」

このまま帰ることができたらどれほどいいだろう。わたしはそう思いながら椅子から立ち上がったけれど……。

「篠崎」

案の定、松永くんに呼び止められた。

「まだ帰るには早いだろう？　紅茶を淹れてやるよ」

今までわたしを引き止めたことなんて一度もないのに、久美子さんもそんなことを言う。わたしの人生において、一度に二人の人から呼び止められたのは初めての経験だった。本当なら喜ぶべきことなのだろうけど、なんてことはない。これはただ、二人の謎に飢えたミステリオタクが、今回の騒動の真相を知りたがっているにすぎない。

久美子さんと松永くんが、まるで子どものように無垢な笑みを浮かべている。わたしはこれ見よがしに大きなため息をついて、再び椅子に座った。

久美子さんが紅茶を淹れてくれ、もとの席に着く。

「さて、まずはお守りがどこにあったか教えてもらおうか。鞄の中にあったなんてつまらない結末じゃなかったんだろう？」

紅茶で口の中を湿らせた久美子さんが、早速今回の件について聞いてくる。松永くんがこちらをチラと見やり、わたしに喋る意思がないことを確認すると、自ら口を開いた。

「末岡っていう女子部員が、俺にお守りを届けてくれたんだ。お守りは市バスの落とし物センターに届けられてたらしくて、末岡は自分のレースを欠場してセンターまで取りに行ってくれたんだ」

末岡さんは自身のレースを諦めてお守りをセンターへ取りに行ってくれたと松永くんは思っている。松永くんは末岡さんに対する申し訳なさからか、少し顔を歪めさせる。

本番前に、松永くんの手元にはお守りが届けられた。その経緯も含め、わたしの予想通りの結末だった。

「なんだ、つまらないね。何か訳ありかと思ったのに、そんなありふれた終わり方だったなんて。まあ、その子が自己犠牲の精神にあふれた良い子だったのはわかったけど」

このままこの二人が、そんなありふれた経緯でお守りが見つかったと勘違いしてくれたらいいのに。

「うん。ただ……」

まあ、世の中そんなに自分の思い通りにはいかない。松永くんのその言葉に、わたしの願望は打ち砕かれることとなる。

「篠崎は末岡と仲が良いわけじゃないよな？　しかも篠崎は社交的な方じゃないし、

末岡みたいな奴、嫌いなタイプじゃないか？」

松永くんの遠慮のない言葉に、久美子さんがけらけらと笑った。まあその松永くんが言ったことの全てがその通りだったから、わたしは何も言い返せなかった。

「なのに篠崎は、何の接点もない末岡の動向を知っていた。トイレか更衣室に引きこもってたらお守りは受け取れないって、俺に言ったよな？　篠崎は完全に、末岡が本番前の俺にお守りを届けることを確信していた。どうしてだ？」

わたしは目を伏せ、真実を言いたくない意思を見せた。けれど、それで松永くんが納得してくれるわけもなかった。

「大会が終わったら全部話してくれるって……言ったよな？」

今の松永くんは、好奇心だけで真相を知りたがっているわけではないのだろう。松永くんは、おそらく何かに勘付いている。

自らを取り巻く人間関係に関わること。それを知りたいと思うのは、当然の欲求だと思う。わたしは松永くんの望みを叶えるべく、決意を固める。

これからわたしが話すのは、一人の女性の、愛情と嫉妬の物語である。

どこから話せばいいのだろう。わたしは考えた結果、まずは松永くんの知り得ていないことを話すべきだと思った。

「わたしたちと松永くんが観客席で話した後、末岡さんに声を掛けられたんだ」

「ああ、あの髪の短い子が末岡って子か。少年と長いこと陸上を一緒にやっていたっていう」

久美子さんの言葉に、わたしは頷いた。

「末岡さんはわたしたちに、開口一番にお守りのことを聞いてきた。松永くんのことを心配しているかのように……失くしたお守りのことを」

「……」

鋭い松永くんは、わたしのこの言葉だけで何かに気付いたようだ。わたしはかまわず先を続ける。

「その上で、末岡さんはわたしたちに、行動の制限を課そうとした」

「行動の制限？」

わたしの意味深な言葉に、松永くんが反応する。

「うん。市バスの落とし物センターに連絡を入れたかどうかを聞いてきたんだ。松永くんがバスの中でお守りを落としたっていう可能性があったから」

「俺、慌ててたから、市バスの可能性については気付かなかったよ。ずっとバスの中でお守りを持ってたからな。多分、バスを降りる時にポケットに入れそびれて、落っことしたんだろうな」

「少年はバスの中でお守りを落とし、そのお守りはセンターに届けられた。献身的な末岡って子は、自分のレース欠場を覚悟で、センターまで一人お守りを取りに行った」

末岡さんの思惑通りなら、その筋書きで間違いない。ただそれは、真実とは非なるものだった。

「でもさ、お守りを落としたのは競技場の可能性だってあるじゃない？　お守りがないことに気付いたのは競技場だったんだから。外周も全部、競技場の敷地で、ウォーミングアップも外周でやってたんでしょ？　なら、その広い敷地内のどこかで松永くんはお守りを落としてしまった、って思うんじゃないかな。現に美由紀は、末岡さんに言われるまで市バスで落とした可能性に思い至らなかった」

「……」

「でも末岡さんは、市バスの落とし物センターのことしか言ってなかった。そして、末岡さんはわたしたちに強く釘を刺した。市バスの落とし物センターに連絡を入れないように、って」

二人は口を挟むことなく、真剣な眼差しでわたしを見つめている。

「美由紀が、自分が連絡を入れることを申し出ても、末岡さんは頑なにそれを拒んだ。なぜなら……わたしたちが落とし物センターに連絡を入れてしまえば、自分の思惑通りに事が運ばなくなるから」

「……」

「本当なら、美由紀の言う通り、わたしたちが連絡を入れるべきだった。わたしたちはただの観客だし、もしセンターにお守りが届けられていたならわたしたちが取りに行けばよかった。これらの行動は、競技出場選手のすることではなかったはず」

「……何が言いたいんだ？」

眉をひそめ、松永くんが聞いてくる。わたしはとりあえずその質問を無視して、重要な事実を伝えることにする。

「わたしは末岡さんに声を掛けられるよりも前に、市バスの落とし物センターに連絡をして、お守りが届いてないかを確認済みだった。親切な職員さんがバスの中を念入りに確認してくれたから、まず間違いない。センターには、お守りは届いていない」

「ってことは、つまり……」

わたしのこの言葉で、末岡さんの思惑は破綻することになる。感じなくてもいいはずの罪悪感を感じつつ、わたしは言った。

「末岡さんの、センターまで落とし物を取りに行ったという言葉は、絶対にあり得ない。つまり……末岡さんは松永くんに、嘘をついている」

「外周を探している道中、あんたどこかに電話をしていたね。あれは競技場事務所と市バスの落とし物センターに連絡を入れていたんだね？」

面白くなってきたと言わんばかりに、久美子さんが微笑みながらわたしに聞く。わたしは無言のまま、こくりと頷いた。

松永くんはというと、深刻な表情のまま目を伏せている。様々な感情が松永くんの中で渦巻いていることだろう。この事態を防ぐために、わたしは競技の本番前の松永くんにこのことを話したくはなかったのだ。

「松永くんも気付いてるよね？　末岡さんはわたしたちに、開口一番にお守りのことを話した。それは、絶対におかしいってこと」

松永くんの表情が、より一層険しくなる。

「どういうことだい？」

「今回の大会、バスの遅延で陸上部員の競技場到着が遅れてたらしいんだ」

ここが今回の件における、一番重要な部分になるはずだ。

「松永くんはバスの中でお守りを手に持っていた。競技場到着後、部員みんなでバスを降りてすぐに、男女で分かれて更衣室に向かった。着替えた後、そのままウォーミングアップを始めた。松永くんがお守りを失くしたことに気付いたのは、ウォーミングアップの最中だった。競技場到着から観客席に挨拶に来るまでのこの間、男子と女子の部員は一度も会っていない」

「……ふむ」

「松永くんも、わたしたちも、末岡さんには何も教えていない。それなのになぜか末岡さんは、松永くんがお守りを失くしたことを知っていた。末岡さんはどうやってその事実を知ったのか。それは……」

「……」

「松永くんがお守りを落としたところを……その瞬間を目撃していたから。そう考えるのが普通だと思う」

「末岡って子が市バスの落とし物センターのことしか言及してなかったのも、バスの中で落としたところを見ていたから……ってことかい？」

久美子さんの質問に、わたしは頷いた。

「ここまでのわたしの推理で、矛盾点とか、抜け穴とか、ないかな？」

松永くんと久美子さんにわたしは聞いた。松永くんは相変わらず眉間に深いしわを刻み込んだまま。久美子さんは、にやにやと嬉しそうだった。

「少年の様子を心配した男子部員が、その末岡って子に連絡した可能性は？　今時の高校生なら、みんな携帯電話は持っているんだろう？」

「松永くんがお守りを失くしたことに気付いたのは、ウォーミングアップの最中。男子部員は全員、スマホを更衣室に置いておくように監督から言いつけられていた。松永くんがわたしに連絡してきたのも、監督の目を盗んでのことだったらしいよ」

即答したわたしに、久美子さんは、ほう、と感心したように声を上げた。

「じゃあ、わたしの考える今回の経緯を改めて言うね。まず最初、バスの車内で松永くんはお守りを手に持って、精神統一をしていた」

「まあ、精神統一なんてそんな御大層なもんじゃないけどな」

松永くんは失笑しながら言った。

「バスは予定時間を少し遅れて競技場に到着。バスから降りる際、松永くんは車内でお守りを落としてしまった。そしてそれを、末岡さんが目撃していた」

問題はここからだ。わたしの体に、自然と力が入ってしまう。

「末岡さんは松永くんが落としたお守りを拾い上げた。ここで末岡さんは、今回の筋書きを考えついたの。そして、お守りを黙って隠し持ったままバスから降りた」

「えっ」

松永くんが驚いた声を出す。そのリアクションは想定内だった。わたしはかまわず先を続ける。

「末岡さんは他の女子部員と一緒に更衣室で着替えた後で、ウォーミングアップを始めた。その後で、観客席に到着。すると、末岡さんは思いがけない光景を目にした」

「他人に弱みを見せない少年が、あたしたちにだけ困った顔を見せていた、だろう？なんとも光栄なことじゃないか。ええ？」

「茶化すなよ、ばあさん」

　久美子さんのからかいを、松永くんは控えめに咎めた。

「うん。で、末岡さんはそこで危機感を持った。もし松永くんがお守りのことをわたしたちに相談しているなら、わたしたちが落とし物センターに連絡を入れてしまう可能性がある、って。そうなれば末岡さんは、自分がセンターにお守りを取りに行くという筋書きが破綻してしまうことに気付いた」

「なあ……そもそも……」

「そのために、わたしたちに行動の制限を課した。センターにはわたしから連絡する、朝田さんたちは何もしなくていい、ってね。センターへの問い合わせは末岡さん自身がしたことにしなきゃ、嘘がバレちゃうからね」

　松永くんの言葉を遮り、わたしは一息に言い切った。

「あとは簡単。末岡さんはセンターへお守りを取りに行ったと偽装するために、しばらく身を隠した。その後でお守りを、本番前の松永くんに手渡した。欠場をしてまで、センターに自分が取りに行ったって嘘をつきながらね」

　ふん、とわたしは鼻息を漏らす。約束通り、わたしは自身が考えうる限りの経緯を、松永くんに話し終えた。

「どう？　わたしの推理に矛盾はある？」

「いや、無いけどよ……」

　松永くんは不服そうだった。それもそうだろう。あと一つ、今回の件を完成させるピースがまだ無い。そう、そのピースとは……。

「末岡の動機がわからない。どうして末岡は自分のレースを台無しにしてまで、そんな馬鹿げた行動を起こしたんだ？　拾ったその場で俺にお守りを渡せば済む話だったのに。どうしてあいつは……」

「松永くん」

「……なんだよ」

　わたしは少しもったいぶりながら、ゆっくりと言葉を紡いだ。

「不可解な部分こそが、人間の本質なんだよ」

　完全に受け売りの言葉を、わたしは恥ずかしげもなく使った。久美子さんはわたしのことを憎らしそうに見つめ、そして楽しそうにニタリと笑った。

「ミステリではよく、殺人事件が起きるでしょ？　でもそれって、犯人からしたらすごく損な行動なんだよね。警察に捕まっちゃうかもしれないのに、それでも人は人を殺してしまう」

「……」

「人は損得や常識だけじゃ動かない。人を強く突き動かすのは……胸に秘めた感情だよ」

ミステリオタクがミステリ初心者にこうも諭される気分とはいかがなものなのだろうか。松永くんは口を固く結び、低く唸っていた。

「そうだ。確かにその通り。篠崎の言う通りだ」

その松永くんの表情がとても子どもじみていたので、わたしは思わず噴き出してしまった。頬をわずかに赤く染める松永くんが、少しムキになりながら言う。

「なら、篠崎は末岡の動機を説明できるんだな？　篠崎、約束はまだ完全に果たせてないぞ。お前が考えた全てを俺に話してくれるって、あの時言ったよな？」

松永くんがここまでの説明だけで納得してくれるなんて、わたしも思ってはいなかった。末岡さんの行動を話し始めた時から、わたしは覚悟していた。

「ここまでの推理は、実際に起こった事実を基に末岡さんの行動を組み立てればよかった。でもここからは末岡さんの動機に関する部分だから、あくまでその全てがわたしの推測だということを念頭に置いて聞いてほしい。それでもよければ、話してあげてもいいよ」

「ああ、それでいい」

松永くんは固唾を飲んでわたしの言葉を待っているけれど、久美子さんはもうこれ以上聞く必要がないと言いたげに、目を伏せていた。

「末岡さんは松永くんに好意を持っている。そんなことくらい、松永くんも気付いてるでしょう？」

「……」

　松永くんは険しい顔のまま、わずかに首を縦に振った。

「末岡さんは証明したかった。あのお守りが、どれだけ松永くんにとって大事なものかを、自分が知っているということを。自分のレースを台無しにしてまで、そのお守りを松永くんのために届けることができるということを」

「……たったそれだけのために？」

　松永くんは驚きが隠せない様子だった。

「そんな発想、普通思いつくか？　思いついたとして、それを行動に移すか？　それを誰かがやってのけたとして……」

　松永くんがわたしの目をじっと見つめる。

「その行動の経緯と意図を、推理できるもんなのか？」

　最後の疑問だけは、わたしに向けられたものだろう。まあ確かに、普通なら思いつかないし、やらないし、推理もできない。でも……。

　数日前、わたしは下校時に末岡さんと二人きりで話した。たったそれだけのことなんだけど、その時にわたしは末岡さんという人物を嫌というほど思い知らされた。

自分の心を完全に制するだけの胆力。相手の心すらもコントロールしようとする欲深さ。舞台女優のような、白々しいとすら思える演技力。世間からは女傑と呼ばれる類いの人物。そう、末岡さんなら……。

「わたしは、末岡さんならやると思った」

迷いなく、そう言い切った。

「女のことは、女にしかわからないこともあるのさ」

呆気にとられている松永くんに、久美子さんは微笑みながらそう言った。

「もし仮に、だ」

慎重に言葉を選ぶように、松永くんは口を開く。

「もし仮に、俺がお守りを失くしても冷静でいられて、俺が自分で市バスの落とし物センターに連絡を入れていたらどうなってたんだ？　末岡の嘘は、その時点で破綻することになるよな？」

「……」

この問いに対する答えを、松永くんはある程度予想できているのかもしれない。

「これもあくまでわたしの予想だけど……」

「ああ、それでいい。聞かせてくれ」

「末岡さんがお守りを隠し持ったままずっと黙っていれば、少なくとも、松永くんから不審に思われることはなかった……と思う」

死神の家の居間に、重たい沈黙が落ちた。

「それにしても、あまりにも大胆すぎないか？」

わたしがここまで末岡さんの行動と動機を説明しても、松永くんはまだ納得がいかないようだった。

「あいつだって、今まで頑張って練習してきたんだ。それを台無しにするようなことを……みんなを心配させて、あんな嘘までついて……」

そこでわたしは、思わず松永くんから目を逸らしてしまった。動揺を隠しながら、松永くんの疑問に答える。

「それだけ、末岡さんの松永くんに対する想いが強いってことなんじゃないかな……」

わたしの機微を見逃さず、松永くんがすかさず聞いてくる。

「まだ何かあるのか？　何を隠してる？」

どうやらわたしには、末岡さんのような自らを取り繕う能力はないらしい。久美子さんがわたしたちの様子を可笑しそうに見やっている。

「篠崎、約束だからな。篠崎が考えた全部を……」

「わかってるよ」

　言い逃れはできそうにない。

「うちのクラスの女子の間で、噂話が流れてるらしいよ。松永くんがとある女子と付き合ってるんじゃないか、って」

「なんだそりゃ」

　寝耳に水といった様子で、松永くんは声を上げた。

「末岡さんは嫉妬してたんじゃないかな。自分の方が松永くんと長い時間を共有して、松永くんのことをよく知っている。噂の真相はともかく、その噂の女子よりも、自分の方が松永くんとお似合いだ、って思っているのかも」

「その、俺が付き合ってるって噂になってる女子ってのは、誰のことなんだ？」

　松永くんの質問は、当然のものだった。自分に関する惚れた腫れたの噂が流れていて、その相手方が誰なのかを知りたいと思うのは、至極真っ当なことだ。

「…………」

　わたしはこの松永くんの質問に答えなければならないのに、どうしても平常心ではいられなかった。変に動揺するのもカッコ悪いし、かといって嫌々言ってしまえば、松永くんに対して失礼なようにも思える。

　わたしの視界の端で、久美子さんが大袈裟に笑いを堪える仕草をしている。ああ、なんて憎らしいのだろう。

「その相手は……」

「……」

「……わたし」

「…………」

　松永くんは無言のまま、ゆっくりと目を伏せた。おそらく松永くんは、わたしと同じことを考えている。動揺をひた隠し、わたしに対して失礼にならないように、努めて平静を装っているようだった。

「青春だねぇ」

　傍らに座っているツバサの頭を撫でながら、久美子さんがぼそりと言った。わたしたちのこの感情のうねりも、久美子さんからしてみれば、その二文字で片付けられるものなのかもしれない。

「あたしはこの子の肩を持つつもりはないが……」

　久美子さんの言葉には続きがあった。わたしと松永くんを見やりながら、久美子さんは言った。

「この一件で、どちらが少年のために奔走したかは、賢明な少年ならわかるだろう？この子はずっと迷っていたよ。少年を一刻も早く安心させるためにはどうすればいいか、ってね。少年が走りに集中できるようにさせてやるためにね」

「……」

「末岡って子の意図に気付いた後で、それを少年に話すべきか、黙っておくべきか、悩んだ結果、事実だけを伝えることにした。お守りは必ず戻ってくるっていう事実だけをね。それで少年は、走りに集中できたんだろう？」

久美子さんの問いに、松永くんは迷うことなく頷いてくれた。

「でもわたしには、末岡さんのような強い気持ちはない」

自らを犠牲にして、松永くんの気を引くために大胆な行動を起こした末岡さん。そんな強い気持ちを松永くんに対して抱くことは、少なくとも今のわたしには無理だ。

「言っただろう？　大事なのは、その人に寄り添えていたかどうか、だ」

久美子さんのその言葉は、わたしの思考と行動を肯定的に捉えてくれたものだった。大事なのは、その人に寄り添えていたかどうか。その言葉を、わたしは何度も胸中で噛み締めていた。

「篠崎、ありがとな」

松永くんが改めてわたしにお礼の言葉を述べてくれた。わたしはドヤ顔を作りながら、松永くんを見据える。

「うん、どういたしまして」

＊

陸上競技会での一件。松永くんの大事なお守りが一時的に失くなって、それが見つかるまでの経緯。その全てを、わたしは美由紀に偽りなく話すことにした。

この件に関わり、松永くんのためにお守りを懸命に探した美由紀には、真相を知る権利があると考えたからだった。

末岡さんがしたことを、美由紀が誰かに面白おかしく吹聴する心配はしていない。わたしが心配していたのは、この一件の全てを、わたしが美由紀に理解できるように説明できるかどうかだった。けれどそれは杞憂で、美由紀は問題なくその全てを理解してくれた。色恋沙汰が絡んだからこそ、そういった話に敏感な美由紀はすんなりとのみ込めたのかもしれない。

末岡さんの想いの強さ、松永くんが被った迷惑、わたしの複雑な感情を理解してくれた美由紀は、わたしを無邪気にからかうことはしなかった。こういった、人の感情をきっちりと汲み取るところも、美由紀の良いところだと思う。

陸上競技会の数日後の体育の授業で、ちょっとした事件というか、ハプニングが起きた。準備運動のペア組みの際、末岡さんがわたしを誘ってきたのだ。その日わたしは初めて、美由紀以外の生徒とペアを組むことになったのだった。

美由紀が心配そうにわたしを見やり、周囲の女子生徒の間にも、一体何事かと戦慄が走る。その時わたしは、例の噂話がどれだけ女子生徒に知れ渡っているかを垣間見た気がした。

体育館の床に足を伸ばして座り、前屈の姿勢になる。末岡さんがわたしの背中を後ろからゆっくりと押す。

「大会のレース前にあたしがやったこと、全部知ってるんでしょう?」

密着した距離感から、末岡さんがわたしの耳元で囁いた。

「あたしがお守りを渡した時、松永、何て言ったと思う?」

わたしの返答など聞くつもりすらなかったのだろう。間髪を入れず、末岡さんは続けた。

「あたしにお礼言った後に、『あいつの言った通りだ』って、驚いてた」

なるほど、松永くんなら言いそうだ。わたしは思った。謎の真相をまだ知らないその時の松永くんは、無邪気に笑っていたことだろう。

「すごい嬉しそうだった。そのあいつって、篠崎さんのことでしょ?」

準備運動が終わったので立ち上がった。前園先生の集合の号令に従い、わたしは駆け足で先生のもとへと向かおうとした。

「篠崎さんは、松永のこと好きなの？」

決して小さくない声で、末岡さんはわたしに聞いた。その声を聞いた周囲の女子生徒たちが凍りつき、瞬時に修羅場が形成される。

二人の女子生徒を除いた全員の集合が完了する。その二人の女子生徒、わたしと末岡さんを、前園先生が厳しい口調で呼んだけれど、末岡さんはピクリとも動かなかった。

体育館内の全女子生徒がわたしたち二人を見やり、何が起こっているかを理解しているようだった。

美由紀だけが、わたしのことを心配そうに見ていた。わたしは美由紀に微笑んでから、末岡さんを正面から見据える。

先日の陸上競技会での一件。末岡さんのしたことは、松永くんの競技への集中を妨げるものだった。バスの車内で松永くんが落としたお守りを、末岡さんがその場で渡してあげていれば……松永くんは焦燥することなく、走りに集中できたはずだった。

末岡さんのしたことは間違いだった。それでも、末岡さんの松永くんに対する想いは本物だ。それは今、わたしに松永くんのことを聞いている末岡さんの表情を見れば誰にでもわかる。

舞台女優のそれではない、本物の、剝き出しの感情をわたしに向ける女子陸上部員。わたしは彼女のことが好きにはなれそうにない。それでも、わたしは末岡さんに対して、誠意だけは見せなければならないような気がした。

わたしは少し呼吸を整えてから、末岡さんの質問に答えた。

「うん、好きだよ」

わたしが松永くんに対して、異性としての恋愛感情を持っているかと問われれば、今はまだわからない。それでも……。

わたしは松永くんのことを心の底から尊敬しているし、本当に素晴らしい人だと思う。これは紛れもなく、人が人に対して抱く好意だ。この言葉は、嘘偽りのない本音だと、わたしは胸を張って言える。

もしもわたしが松永くんに対して恋愛感情を抱くとすれば、それにはもっと長い時間が必要になるだろうと思う。

わたしの言葉を末岡さんがどう捉えたかはわからない。けれど、わたしには末岡さんの表情に諦念が浮かんだように見えた。

次の瞬間には、まるで憑き物が落ちたかのような清々しい顔になり、末岡さんは集合を終えたみんなのもとへと駆けていった。

「かえちゃん！」

美由紀の声で我に返ったわたしもまた、みんなの方へと……いや、わたしの唯一の味方である美由紀の方へと足を向けた。

前園先生は、それはもうかんかんに怒っていた。

第五章　死神の死神

よく晴れた日の放課後。わたしはいつものように、久美子さんの家にお邪魔していた。

昨日読み終えたばかりのミステリの感想を話そうと楽しみにしていた。今日は美由紀が家の用事で来られないというので、久美子さんと存分にミステリの話をすることができる。美由紀は自分が入れない話題になった時、黙り込んで拗ねてしまうのだ。なので、美由紀がいる時はミステリの話をしすぎないようにしている。

久美子さんが淹れてくれたダージリンティーを飲みながら、わたしたちは小説談義に花を咲かせた。わたしとミステリの話ができるようになり、最近の久美子さんはどことなく楽しそうだ。

「少年にも話してやりな。きっと喜ぶよ」

このミステリをオススメしてくれたのは、久美子さんと松永くんだった。

久美子さんの言葉に他意はなかったのだろうけど、わたしは少し返答を詰まらせてしまった。先日の陸上競技会でのことが、まだわたしの心のどこかに引っかかっていたのだ。

まあでも幸いなことに、あの一件があったからといって松永くんがわたしに対する態度を変えるようなことはなかった。気まずさの一欠片も見せることなく、松永くんはわたしに接してくれている。

だからこそ、わたしも今まで通りのわたしでいられる。松永くんのそういったところが、一緒にいて居心地がいいと思わせてくれる要因の一つなのかもしれない。

一通りミステリの感想を述べ合い、わたしがサツマイモたっぷりの鬼まんじゅうに手を伸ばそうとした時だった。

「こんなこともう二度と言わないからよく聞きな。あんたもこんな話、何度も聞きたくないだろうからね」

そんなおかしな前置きをしてから、久美子さんはわたしの目を見やる。

「もし少年があんたに言い寄ってきたり、もしくは何かしらのきっかけがあったとして」

久美子さんの言葉に、わたしは眉をひそめる。

「その時に、あんたが少年に対して嫌悪感を抱いていなかったなら」

「……」

「迷うことなく、少年とくっつきな。あんたと少年はお似合いだよ」

まさか冗談抜きで久美子さんがこんなことを言うなんて。意外を通り越した驚きに、わたしは目を大きく見開く。

久美子さんはそれ以上何も言わずに、文庫本に目を戻した。まさか、この話題はこれで終わり？　なんだかもったいないような気がして、わたしは久美子さんに聞いてみた。

「わたしは松永くんに、恋愛感情とか、その……ときめきとか、感じたことないよ？　そんな中途半端な気持ちで付き合うなんて、松永くんに対して失礼なんじゃないかな？」

「本当にそうかい？　本当に少年のことを何とも思っていない？」

「……」

わたしは返答に戸惑ってしまったけれど、久美子さんはわたしを茶化さなかった。

「そんなものは必要ないよ。そんなのは一時的な感情でしかないからね。若者と呼ばれる時期は人生において一瞬しかない。一番重要なのは、一緒にいて居心地がいいかどうか、だ」

「……」

「あんたは強がりだけど、寂しがりだからね。孤独を紛らわす相手が必要だ」

「それこそ、松永くんに対して失礼じゃない？　わたし自身の感情を誤魔化すために松永くんと一緒になるなんて……」

なぜだかわたしは、少しムキになっていた。

「それでいいのさ。孤独を恐れ、人に寄り添えば、その人が自分と同等の大事な存在になれる」

「……」

「同性の友情は継続しやすい。でも異性はそういかない。学校を卒業してもちょこちゃんとの関係は続くだろうが、少年とはもう会えなくなるかもしれないよ？　どうせちょこちゃんがいなければ、あんたたちは会おうともしないだろう？　なら……」

わざとらしく、久美子さんは溜めを作る。

「つがいになればいいのさ」

「そんな動物みたいに言わないでよ……」

ふっ、と久美子さんは短く笑った。

「あんたは捻くれてるからね。あんたを受け入れてくれる男は少数だろうから、忠告してやったのさ」

「はいはい、わかりましたよ」

一応の承諾の意思を見せて、わたしはこの話題を終わりにした。

意趣返しと言ってはなんだけれど、わたしは普段久美子さんに聞けないようなことを聞いてみたくなった。

「そういえば、競技場に着いた時、久美子さんの娘さんも陸上やってたって言ってたよね？」

人の色恋沙汰に首を突っ込んだのだから、家族の話くらい聞いてみても罪にはならないだろう。

「ああ、そうだったね」
そう言った久美子さんの表情は、いくつもの感情が絡み合う複雑なものになってい
た。いつもそうだ。久美子さんが娘さんのことを話す時、決まってこの表情になる。
久美子さんが娘さんのことをどう思っているのかは、はっきりとはわからない。で
も、これだけは言える。久美子さんは娘さんのことを嫌ってはいないということ。な
らどうして久美子さんは、娘さんと長い間会えていないのか。
人に寄り添うことの大切さをわたしに説いてくれた久美子さんは、今現在、実の娘
に寄り添えていないことになる。それはわたしにとって、とても不自然なことのよう
に思えた。
「娘さんとはずっと会えてないんだったよね？　久美子さんは会いたくないの？　娘
さんに」
久美子さんは寂しそうに笑った後で、口を開いた。
「会いたいね」
向こうが会いたいと思っているなら、会ってやってもいい。いつもみたいにそんな
捻くれたことを言うと思っていたから……まさか久美子さんがこんなにも直接的な物
言いをするとは思っていなくて、わたしは驚いた。
「あたしがこんなこと言うのが、そんなにおかしいかい？」

少し笑いながら久美子さんが聞いてくる。わたしは口をへの字に曲げて、肩をすくめた。久美子さんのその笑みは、今まで見たことがないくらいに寂しいものだった。

「ツバサ」

その気まずさを誤魔化すように、久美子さんはツバサを呼んだ。けれど、少し離れたところで地面に座り込んでいるツバサには聞こえなかったようだ。

ツバサの耳は、わたしが出会った頃よりもずっと遠くなっている。犬にとっての加齢の影響は、人間と同じように聴力にも及ぶようだ。

わたしはツバサに近付いて、驚かさないようにそっと耳元で名前を呼んだ。こちらに気付いたツバサは、わたしの手を軽く舐めた後で、久美子さんのもとへとことこと歩いていった。

「人間も犬も、いずれは老いて死んでいく」

ツバサを撫でながら、久美子さんは言う。わたしは立ち上がり、椅子に座り直した。

「さすが死神。それらしいこと言うんだね」

久美子さんの悲しげな物言いが嫌で、わたしはわざと笑いながらそう言った。久美子さんは失笑していた。

「あたしは終の住処として、夫が残してくれたこの家で犬と一緒に……」

「やめてよ」

わたしはぴしゃりとそう言って、久美子さんの言葉を遮った。そんな言葉、久美子さんの口から聞きたくない。

するど、先ほどまでの寂寥が嘘のように、久美子さんはけらけらと笑った。わたしは拗ねた顔を作りながら、久美子さんを睨み続ける。

「あたしの娘の話だったね。何が聞きたい？」

そう言って久美子さんは、話を元に戻してくれた。

「久美子さんの娘さんの話なら、何でも。どんな人だったのか。どうして今、会えないのか。全部聞きたい」

「長い話になるよ。それでもいいのかい？」

「うん、大丈夫。聞かせて、娘さんのこと」

わたしはそう言って、前のめりになりながら肘をテーブルの上についた。

久美子さんは手に持っていた文庫本をテーブルの上に置くと、その視線を遠くにやりながら言葉を紡ぎ始めた。

＊

さて、どこから話したもんかね。……ああ、そうだね。娘とあんたは似ている。でもそれは、あんたのその捻くれたところじゃないよ。ははっ。

そうだね……意思の強いところというか、一度こうと決めたら絶対に自分を曲げないところが似ているね。周りがあれこれ言おうが、自分の意見をしっかりと貫き通すところ。まあ逆に言えば、頑固だと言えなくもないがね。

ああ、娘は陸上をやっていた。中学三年と高校三年で部長もやっていたよ。誰からも好かれて、人望があった。正義感が強くて曲がったことが嫌い。そんな子だったよ。

……いや、兄弟はいない。一人娘だった。

夫の収入だけじゃ色々足りなくてね。あたしも働きに出ていたから、あの子にはいつも寂しい思いをさせたね。

合鍵は隠していたね。あたしたち家族三人にしかわからない、秘密の隠し場所に。いつもあの子に一人で留守番をさせてしまっていたよ。


「合鍵ね。わたしの親も共働きだったから、一軒家に住んでた頃はよく使ってたなぁ。それで？」

「娘には他の子にはない障がいがあってね」

そう切り出した久美子さんの目に、少しだけ影が落ちる。わたしはその目を見て、心臓が大きく跳ねた。

わたしが疑問に思っていたことの一つ。久美子さんの娘さんの障がい。その件について、ついに久美子さんの口から知ることができる。

「障がいというか、病気……病院の先生は疾患と言っていた気がする。色盲って知ってるかい？」

「色盲……」

「今じゃこの言葉も差別用語らしいがね。正確には色覚異常という。普通の人と比べて、色の識別が難しい人のことを指すんだ。あたしの娘は、先天性赤緑色覚異常といってね。赤とか緑とかの色が識別しにくい病気らしい」

久美子さんの目の影が、次第に深くなっていく。わたしは思った。この障がいこそが、今久美子さんが娘さんと会うことができない理由となっている、と。

でも、気丈な久美子さんが、我が子の障がいを受け入れ、乗り越えられなかったことが、わたしにはどうしても不思議に思えた。

まあでも、久美子さんは全てを話してくれる様子だったので、わたしが何かを考える必要はなさそうだ。今はミステリごっこの時間じゃない。わたしはただ、久美子さんの話に耳を傾けていればいい。

最初に娘の異変に気付いたのが、幼稚園のお絵描きの絵を見せられた時だった。他の子と比べても、色彩感覚がおかしかったんだ。

空や水の色はきっちりと描けていたのに、花や草木なんかの色使いがどう見ても不自然だった。それを見たあたしと夫は、もしかしたらって思ったんだ。

診察を受けたら、案の定だった。娘は色覚異常と診断された。その時あたしたち夫婦は、やっぱりっていうのと、まさかそんなって思ったんだ。

やっぱり、ってのは、夫がまさに色覚異常だったからだ。赤と緑が判別しにくいという症状まで一緒だった。こういうのは遺伝が関係しているのは知っていたし、だからこそ、娘の異変にわりとすぐに気付けたんだ。

でも、驚きの方が大きかった。あたしたちには……少なくともあたしには、色覚異常ってのは男の子しかならないっていう先入観があったから、女の子に起こるなんて思いもしなかったのさ。

統計によると、色覚異常は圧倒的に男性の発症率が高い。でも、稀(まれ)に女性にも起こりうる病気らしくてね。あたしの娘は運悪く、先天的に生まれ持ってそのハンディキャップを身に宿していたのさ。

娘の視界には、特定の色以外のほとんどのものが、黄色とか白っぽくなって見えるらしい。サンプルの画像を見たことがあるけど、確かにあたしの見ている景色とは違った。

視力が悪いわけじゃないんだ。ちゃんと物は見えてるけど、ほとんどの色がくすんで見えるんだ。可哀想だと思ったね。

そんなこともあってか、娘はその比較的容易に識別ができる特定の色が好きになった。わたしも娘が前向きに生きられるような方法を考えて、色々工夫はしてみたつもりだ。だけど……夫の落ち込みようが激しくてね。自分のせいで娘に要らぬ不憫を背負わせてしまったって、ずっと嘆いていた。

よくよく思い返してみれば、あたしたちに子どもができて、女の子だと判明した時の夫の喜びようが普通じゃなくてね。今思えば、自らの色覚異常の遺伝の心配をしなくていいと考えていたんだろうね。女の子なら遺伝の心配はない、ってね。

だが結果的にその憂いは的中し、遺伝してしまった。あたしは事あるごとに夫に何度も言い聞かせてやったものさ。誰も悪くないし、この子は普通の子と何も変わりはしないってね。

愛情を持って育ててやることに変わりはない。ただちょっと、そういう不憫があると理解してやるだけでいい。その時のあたしは、そう夫に言ったものさ。

娘は曲がったことが嫌いで、正義感が強いって言ったろう？　スポーツマンで体育会系ってこともあって、あの子は高校生の時に、警察官になりたいと言い出したのさ。

何ともこの子らしいとあたしは思ったものさ。小さい頃に交番で働く婦人警官を見て、憧れを持ったらしい。自分もお巡りさんになりたいってね。

　結果から言うと、娘は警察官になれなかった。試験に落ちたのさ。もちろん一回の試験で諦めたわけじゃない。猛勉強して翌年の試験も受けた。だけど結果は同じだった。学校の友人が進学したり就職したりしていく中、娘は何年もひたすら勉強漬けの日々を送った。けれど、とうとう報われることはなかったんだ。

　優秀な子だったし、スポーツマンだったから体もよく動く。身辺調査に難があるわけもなく、肉体的にも精神的にも健康だった。はきはきとよく喋るから、面接に落ちたとも考えにくい。

　ならどうして、娘は警察学校の入学試験に落ち続けたのか。一番考えられる可能性が……。


「目、だ」

　久美子さんの目の陰りが一層濃くなった。わたしの背筋に悪寒が走り、思わず体が強張ってしまう。

「警察学校の入学試験には、色覚のテストがあったのさ。今思うと、実際のところがどうかはわからない。娘は自分が試験に落ち続けるのは、色覚異常が原因だと言った。その症状が軽度なものなら、受かる可能性があるという話もあるしね」

「でも、完全に目が見えないわけじゃないんでしょう？　物をはっきりと見ることができるんなら……」

「警察官は人様を守る仕事だからね。五体満足はもちろん、色が識別できなければ業務に支障が出る。犯人の特徴を正確に把握し、報告しなければならないこともあるだろうからね。犯人の服の色がわかりませんでしたじゃ済まされないこともあるのさ」

だんだんと話が暗い方向へと向かっていっている。わたしは嫌な予感を無視できないまま、久美子さんの声に耳を傾ける。

「二十五になる年の試験に落ちた日、娘はとうとう警察官になる夢を諦めた。何度やっても結果は同じだと思ったんだろう」

自らの色覚異常で将来の夢が絶たれたと考えた娘は、次第に塞ぎ込んでいってね。家に篭（こも）りっきりになって、落ち込んでいたよ。

その娘と同じくらい、いや、それ以上に傷付き、失望していたのが……夫だった。自らの遺伝子のせいで子どもの将来の夢が絶たれたとなって、夫は仕事も手につかなくなった。

二人がそんな状況の中、あたしがどうしていたかというと、やるせなさを覚えていたのさ。それは、なかなか立ち直らない娘に対するもどかしさだった。

あたしは娘に言ったのさ。夢が潰えたからって、これは誰かが悪いわけじゃない、仕方のないことだ、って。一つの可能性が無くなっただけで、この世の終わりみたいな顔をするのはやめろ、ってね。人生にはもっとたくさんの道がある。道は狭まったかもしれないが、ハンディキャップがあろうと、別の道を見つけて前向きに生きろ、と。

でも、娘は聞かなかった。あたしの気持ちなんてわかるはずがないと言い返された。そこからずっと、娘との口論が続いたよ。

それまではいい親子関係を作れていると思っていたんだけど、それから娘とは不仲になっていったのさ。

仕事が休みの日、あたしは近所の公民館に併設する図書館に行った。色覚異常に関することを調べて、理解を深めようとしたんだ。娘が前向きに生きられるように説得できる、何か材料がないかと考えてね。

色んな文献を漁っていると、とある本を見つけたんだ。そこには、色覚異常の遺伝の仕組みについて書かれていたんだ。

「……何が書いてあったの？」

「……」

久美子さんは黙ったまま、ゆっくりと目を伏せた。意味深に首を左右に振り、すっかりぬるくなった紅茶を一口啜る。

「あたしはそれ以降、娘の目を見ることができなくなった。まともに接することができなくなったのさ。娘はあんたと似て察しのいい子だったからね。あたしの異変に気付いて、あたしに愛想を尽かした。それからはもう言葉を交わすこともなくなったよ」

「久美子さんの異変？　どういうこと？　その本に……色覚異常の遺伝の、何が書いてあったの？」

「娘がこの家を出て行った後も、夫は娘と連絡を取り合っていたけどね。あたしが最後に娘と会ったのが、夫の葬式だった。それ以来、娘の顔を見ていない。ああ、あれからもうすぐ十年か。もうこの家に帰ってくることはないだろうね」

　わたしの問いに、久美子さんは答えてくれなかった。こちらの質問をはぐらかすように話を先に進めている。

　なんだろう。すごく気になる。久美子さんの見つけた本には一体何が書かれていたのか。それは、久美子さんと娘さんの仲違いを助長するようなことが書かれていた、と聞き取ることもできる。

「会いたいんでしょ？　娘さんに」

「……ははっ、さっきも言ったじゃないか。会いたいって。娘がいつでもこの家に入れるようにはしてあるけどね。でも……もう諦めなきゃならないのかもしれない」

「どういう意味？　娘さんはこの家の鍵、持ってるの？」

「持っていないよ。……今は、ね」

「連絡したことはあるの？　今度帰ってきなさい、って」

「……してない。今は仕事も忙しくて子どももいるらしいから、そんな暇無いかもね」

「ちゃんと会いたい、って言いなよ」

「今更……」

言い淀んだ後、久美子さんはもう何も言わなくなった。こんなに歯切れの悪い久美子さんを、わたしは見たことがなかった。

「ミステリごっこ、しようよ」

わたしは久美子さんに提案した。顔を上げた久美子さんは、わずかに好奇心を露わにしている。

「久美子さんが引退犬飼育ボランティアをしているってわたしが推理した時、これからちゃんと誤解を解く努力をすることを、久美子さんはわたしに約束してくれたでしょ？」

「……」

「何か謎を用意してよ。わたしがその謎を解いてあげる。もし謎を解くことができたら、久美子さんは娘さんに連絡をする。どう？」

「馬鹿な子だよ」

久美子さんは笑っていたけれど、わたしは本気だった。

「逃げるの？　わたしの推理力が怖いんでしょ？　今までわたしは散々、色んな謎を解いてきたからね」

わたしがニヤリと笑うと、久美子さんも挑戦を受けるかのように笑みを返してきた。

「ずいぶんと自信がお有りのようで」

「まあね」

「勝負をしても構わないが、謎なんてそう簡単に用意できるもんじゃないだろう。普通に生きてたらね」

「不可解な部分にこそ人間の本質が表れる……でしょ？　人が生きていれば、謎は勝手に現れる」

それらしいことを、わたしは偉そうに口走る。それを聞いた久美子さんは、心底楽しげに笑っていた。

＊

久美子さんの口から娘さんのことを聞いた次の日の放課後。わたしはその日も、いつものように久美子さんの家に向かっていた。

その道中、わたしは久美子さんの娘さんのことを考えていた。十年会っていないというと、歳は四十前後だろうか。仕事が忙しいという話だった。警察とは関係のないところに就職したのだろう。

子どもがいるとも言っていたな。ということは、娘さんの大事な人生の節目節目に、久美子さんは立ち会うことができなかったことになる。

久美子さんは娘さんに会いたいと言っていた。その娘さんは今、久美子さんに会いたいと思っているのだろうか。

娘さんも久美子さんと同じく意地っ張りなところがあるとするなら、二人が和解してまた会うことは難しいような気がする。意思が強く、こうと決めたら自分を曲げない。久美子さんは娘さんをそう評していた。わたしと似ているとも言っていたし……。

できることなら、久美子さんを娘さんに会わせてあげたい。そう思うけれど、わたしなんかが何かを言ったところで、あの意固地な久美子さんが動いてくれるとも思えない。

久美子さんの家に到着。わたしはインターホンを押した。いつもなら玄関扉が解錠する音が聞こえ、そこから家にお邪魔させてもらうのだけれど、一向に、かちゃりという音が聞こえてこない。

痺れを切らしたわたしは玄関扉を手前に引いてみたけれど、扉は施錠されたままだった。

そこからしばらく待ってみて、またインターホンを押してみたけれど、一切の反応がなかった。どこかに出かけているのだろうか。わたしが放課後にこの家に来る時、久美子さんは決まって家にいるはずなのに。

まあ、たまにはそんなこともあるだろう。少し残念ではあるけれど、今日は大人しく自宅に帰ろう。

あとで美由紀もここに来る予定だったので、わたしはメールで知らせることにした。久美子さんが不在のため、今日は無理そう、と。

数分後の美由紀からの返信には、心底残念そうな表情を浮かべるキャラスタンプが貼り付けてあった。


その次の日、また次の日と久美子さんの家に行ってみても、家主はずっと不在だった。この家に通い続けて半年が経つけれど、三日も久美子さんに会えないなんてことは、今まで一度もなかった。

久美子さんの身に何か起きたのではないかと心配したけれど、久美子さんの甥が毎晩この家に訪れていることは聞いていた。最悪の事態はまず無いだろう。

久美子さんは言っていた。自分に何かあった時のため、そしてその時に犬の世話をさせるために、毎晩甥にこの家に帰ってくるように言いつけてある、と。

最悪の事態、か。背筋の伸びた気丈なイメージしかない久美子さんだけれど、高齢者であることには変わりない。その身に何が起きても不思議ではないのだ。

わたしは嫌な予感を感じつつも、努めてあまり考え込まないようにした。

久美子さんに会えなくなって四日が経った。今日の夕食はわたしが作る番だったので、いつもの手際で支度をした。ご飯と味噌汁、鯖の塩焼きを作って、あと一品はスーパーのお惣菜。

お母さんが帰ってきたので、そのタイミングで盛り付けを始めた。お母さんが手洗いを済ませた後で、二人きりの夕食が始まる。

「そういえばあのおばあさん、大丈夫かしらね」

お母さんの一声で、わたしの箸が止まった。心臓が大きく跳ね、思考すらできなくなる。

「……どういうこと？」

わたしの表情を見て、お母さんは少し驚いていた。

「知らないの？　少し前、あのおばあさんの家の前に、救急車が停まってたらしいよ」

心臓が鷲掴みにされたように縮こまり、唇がわなわなと震える。

「……どうして教えてくれなかったの？」

「だって、楓ならとっくに知ってると思ってたから……。あのおばあさんと仲良いんでしょう？」

「救急車で運ばれたんなら、連絡できないに決まってるでしょ⁉　もし重症だったらなおさら……」

言ってから、わたしは気付いた。わたしは久美子さんの連絡先を知らない。

久美子さんは業務連絡用に携帯電話を持っているけれど、わたしは久美子さんの家に行けば会えるのが当たり前になっていたこともあり、電話番号を聞いていなかったのだ。

「ごめんなさい」

お母さんはわたしに謝った。わたしはなぜか申し訳ない気持ちになり、首を横に振った。

「皿洗い、わたしがやるよ」

わたしはお母さんにそう言った。お母さんに気を使ったつもりはなかった。何かをしていなければ、気が狂いそうだったから。

*

久美子さんに会えなくなってから、あと少しで一ヶ月が経とうとしていた。死神のおばあさんの家の前に救急車が停まっていた、という近所の目撃情報をお母さんから聞いてから、わたしは久美子さんがどんな容態なのかを全く知ることができずにいた。久美子さんの家に何度出向いても、ずっと留守のままだった。どこかの病院に入院しているのかもしれない。そう考えたわたしは近所の病院に問い合わせてみたけれど、個人情報に関わることは教えられないと断られてしまった。

なんの情報も得られず、情報を得る術も思いつかず、時間だけが過ぎていく。わたしは焦っていた。ため息ばかりついているわたしのことを、美由紀と松永くんは心配してくれている。けれど、これぱっかりは二人にもどうしようもできないだろう。

どんな形でもいいから、わたしは久美子さんに会いたい。そうすれば、わたしはいつものわたしを取り戻すことができるのだけれど……。

それはもう二度と叶わないことなのでは、という最悪の事態が頭をよぎり、その思考を振り払う。最近のわたしは、ずっとそんな考えごとを繰り返すばかりだった。

午前の授業が終わり、昼休みに入った。いつものように周囲が騒がしくなり、各々が目的の居心地のいい場所へと移動し、昼食を食べ始める。

わたしが自席でお弁当を広げていると、いつも通り美由紀がわたしの隣の席に来てくれた。それともう一人、購買のパンを片手にわたしたちに近付いてくるクラスメイトがいた。

松永くんだった。松永くんは少し迷った後で、わたしの前の席を拝借することにしたようだ。わたしから見て半身の姿勢で、こちらを見やる。

「いつもの特等席には行かないの？」

わたしが聞くと、松永くんは微笑んだ。

「まあ、たまにはな。二人の邪魔なら外すけど」

わたしは無言のまま、松永くんの言葉に首を横に振った。

周囲のクラスメイトの目が、自然とわたしたち三人に向けられている。松永くんが教室内でお弁当を食べるのは珍しいことだし、それに、わたしと松永くんの噂話が未だ継続中だからということも関係しているのだろう。

継続中、というか、先日のわたしと末岡さんの体育の授業中のやり取りを見た女子たちは、その噂が真実であると決めつけてしまったようだった。

多くの視線の一つに末岡さんのものもあったけれど、その視線にはもう敵意は感じられなかった。興味なさげに、ふい、と目を逸らすと、もうそれっきりだった。

そんな多くの視線を浴び、松永くんはともかく、美由紀は激しく動揺しているものだと思っていたけれど……目を少し落とし、それどころではない様子。一体どうしたのだろう。

「大丈夫か？　篠崎」

気遣うように松永くんが聞いてくる。久美子さんのことが心配で、わたしはここ最近は全くと言っていいほどに元気がない。松永くんに言わせると、心ここに在らずといった感じらしい。全然大丈夫じゃなかったけれど、うん、と答えた。

「実はな、今までずっと、朝田がばあさんと連絡を取ろうと、メールを送り続けてくれてたみたいなんだ」

わたしは咄嗟に、美由紀の方を見やった。美由紀はなぜか複雑な表情をしていた。

美由紀は久美子さんの連絡先を知っていたのか。本来なら付き合いが長く、頻繁に会っているわたしが知っているべきなのに……。場違いな嫉妬心に駆られる。

これも、誰かと積極的に人間関係を構築しようとする美由紀だからこそ、だ。わたしと久美子さんのどちらかにそんな殊勝な考えがあるわけもなく、結果的に……こうしてわたしは久美子さんに連絡を取れずにやきもきするしかなかったのだ。

「で、ばあさんからやっと今朝、返信が来たみたいなんだ」

「ほんとに⁉」

わたしの声が教室内に響き、先ほどよりも多くの注目を浴びることになった。松永くんがこの教室でお弁当を食べるのが珍しいことなら、わたしが大声を上げるのはそれ以上にレアケースだ。レアケースというか、そんなこと今まで一度だって無かった。

「まあ落ち着けって。朝田は俺に相談してきたんだ。このことを篠崎に伝えるべきかって。でもやっぱり、三人で共有しておいた方がいいと思ったんだ。……朝田、説明してやってくれ」

わたしに伝えることを躊躇した美由紀の意図がわからなかった。とにかく、話を聞かなければ何も始まらない。わたしは説明を乞うように、美由紀の目を真っ直ぐに見つめた。

「……久美子さんの容態は、もう大丈夫みたい。ツバサの散歩に出掛ける時に、立ちくらみに襲われたんだって。家のすぐ外でうずくまってるところを、誰かが救急車を呼んでくれたらしいよ。しばらく久美子さんが入院していた間、ツバサは甥っ子さんが面倒を見てくれてたらしい」

わたしは胸を撫で下ろした。久美子さんは無事だった。それを聞けただけで、胸の重りが取り払われたように心が軽くなる。

と同時に、わたしは疑問に思った。美由紀がこのことをわたしに伝えるかどうかを迷った理由が思い当たらなかった。朗報だけなら、どうして美由紀はわたしにこのことを伝えるかどうかを、松永くんに相談したのだろう。

「それでね……」

美由紀が複雑な表情を浮かべる。本題はここから、とでも言いたげだった。

「久美子さんはもう、わたしたちには会えないんだって」

「どうして?」

思い浮かんだ疑問が、わたしの口からそのまま飛び出す。

「これからまた久美子さんが体調を崩すことだってあるかもしれないのに……わたしたちなら久美子さんをサポートできる。甥っ子のことなんて信用できないよ。わたしは近所に住んでるし、今まで以上に頻繁に会いに行かなきゃ……!」

「篠崎、落ち着けって」

クラスメイトが不審な目をわたしに向けているけれど、それどころではなかった。

「あたしたちに会えない理由はわからない。今メールで聞いてるけど、返ってくるかどうか……」

美由紀の戸惑う姿を見て、わたしは声を荒らげた自分を恥じた。美由紀がわたしにこのことを伝えるのを躊躇したのは、わたしがこうして怒ることを予想できたからかもしれない。

ごめん、と小声で二人に謝り、気まずさを誤魔化すために、だし巻き卵を口に放り込んだ。口の中のだし巻き卵は、全く味がしなかった。

＊

その週の土曜日、さきちゃんを含めたわたしたち四人のグループメッセに、美由紀からのメールが届いた。明日の日曜日、四人で会おう、とのことだった。さきちゃんの嬉しそうな返信の次に、松永くんの承諾のメッセージが即座に届く。わたしももちろんオーケー。

全員のメッセージを確認したところで、美由紀が時間と場所を指定した。駅近くのファミリーレストランに十二時集合だった。

もしかしたら、美由紀のスマホに久美子さんからの返信があったのかもしれない。わずかな期待を抱きつつ、わたしは承諾のメッセージをグループメッセに送った。

さきちゃんを外へ連れ出すためのお母さんへの許可取りは、相変わらず美由紀の役割だった。すんなりとオーケーをもらったらしく、わたしと松永くんは美由紀のその手腕にまた舌を巻くこととなった。

そして日曜日。わたしたち四人は約束通りファミレスに集合した。入店すると、大きめのテーブル席に案内される。四人分のドリンクバーを注文した。

美由紀の言葉をそわそわしながら待つわたしとは対照的に、さきちゃんはとても楽しそうだった。久美子さんの家に行くことがなくなってしまったので、こうしてみんなで集まるのも久しぶりなのだ。

でもこの場に、久美子さんはいない。いつかまた五人で集まることができるだろうか。そう、久美子さんの家で松永くんのお疲れ様会をした、あの時のように。

「久美子さんから、返信来たよ」

美由紀はわたしたちに、正確にはわたしの方を向きながら、そう言った。この中で誰よりも久美子さんからの返信を心待ちにしていたのがわたしであることを、美由紀は察してくれている。

美由紀の表情は晴れやかなものではなかった。わたしはその様子を見て、少なからず落胆した。

美由紀は鞄からスマホを取り出し、わたしたちに見えるようにテーブルに置いた。画面にはメールのやり取りが表示されている。相手はおそらく……久美子さん。

「見ていいの？」

わたしの質問に、美由紀はこくりと頷いた。わたしと松永くん、そしてさきちゃんは、美由紀のスマホの画面を覗き込む。

『残念だけど、あんたたちにはもう会えない。あの家に行っても無駄だよ』

わたしの目に最初に飛び込んできたのは、わたしたちを拒絶する久美子さんからのメッセージだった。その言葉だけで、わたしの胸はえぐられたように痛む。

『どうして会えないの？　引っ越すの？　どこに？』

『言えないね』

『かえちゃんにはどう説明するの？　理由を言ってくれないと、かえちゃんは納得しないよ』

美由紀はそう返信してくれていた。わたしのことをよく理解してくれているとわかる、そんな文面だった。

そこからしばらく、久美子さんの返信に間が空いている。この時間には、一体何の意味があるのだろう。久美子さんの気まぐれ？　それとも……。

『あの子に伝えておくれ。自分で考えな、って』

丸一日以上の時間が空いた後で、久美子さんはそう言い残していた。久美子さんからのメールは、それ以降返ってきていない。

わたしの全身が、電流が走ったようにざわつく。久美子さんがわたしに残したその言葉には、聞き覚えがあった。

「久美子さんの居場所に辿り着く方法が……あるのかもしれない」

無意識のうちに、わたしは呟いていた。

「どういうことだ？」

松永くんがわたしに聞く。

「久美子さんがわたしに謎を提示した時、久美子さんがわたしより先に謎を解いた時……」

「……」

「わたしが久美子さんに助けを求めた時もそう……久美子さんはいつも言ってたんだ。自分で考えな、って」

久美子さんはいつもヒントだけを与えて、わたしに自分で考えさせようとしていた。

「答えがあるんだよ。久美子さんが姿を消した理由。そして……」

松永くんの表情からは好奇心が見て取れる。そう、ミステリオタクが謎に遭遇した時の、無邪気な笑み。

「久美子さんの居場所……わたしたちは、久美子さんのもとに辿り着くことができるんだと思う」

「でもっ！」

美由紀が慌てたように声を上げる。

「久美子さんの居場所なんて、あの家以外どこも思いつかないよ？　久美子さんの家族のことも詳しく聞いたことないし……わかりっこないよ！」

わずかな希望を見出せそうなところに、厳しい現実を突きつけられる。確かに美由紀の言う通りだ。久美子さんが身を寄せそうなところなんてどこも思いつかない。

久美子さんの家族、血縁関係でわたしが知り得ているのは、娘さんと甥。そのどちらとも久美子さんが頼りにするとは思えない。

「ばあさんは篠崎の察しのよさを買っているようだけど、今回は難易度が高すぎるな……」

松永くんは一人呟きながら、顎をさすっている。

「未必の故意、か」

ミヒツノコイ。聞き慣れない言葉が松永くんの口から飛び出す。

「えっ、なにそのロマンチックな言葉」

目をキラキラさせた美由紀の問いに、松永くんが数秒の間、固まる。

「いや、密室の恋じゃない。未必の故意だ」

松永くんは美由紀の性格を思い起こし、その思考を正確に読み取ったようだ。わたしのことを察しがいいと言ってくれたけれど、松永くんもなかなかだな。

松永くんは自分のスマホをポケットから取り出し、文字を打った。それをテーブルの上、美由紀のスマホの隣に置く。

　画面には、「未必の故意」と打たれた言葉が表示されていた。聞き慣れないし、見慣れない言葉だ。わたしは松永くんに聞いてみた。

「ミステリ用語か何か？」

「元々は法律とか裁判で使う言葉らしい。俺が知ったのは小説の中でだけどな」

　松永くんは未必の故意という言葉を検索エンジンにかけた。そこに表示された言葉の意味を、美由紀がそのまま音読する。

「行為者が、自らの行為から、罪となる事実の発生を積極的に望んでいるわけではないが、もしそのような結果が発生した場合、それならそれで構わないとする、心理状態……」

　未必の故意。その言葉の意味に、美由紀とさきちゃんが首を傾げている。わたしはというと、わかるようなわからないようなといった感じだ。

　少し引っかかる部分がある。最後のところ、「それならそれで構わないとする心理状態」、そこだけが少し気になる。

「たとえ話を出そう。AとBという人物がいたとする」

　わたしと美由紀、さきちゃんは真剣な眼差しを松永くんに向ける。まるで何かの講義が行われようとしているみたいだ。

「AはBのことを殺してやりたいほど憎んでいるんだ。そこでAは、Bの家に忍び込んで、タバコの吸い殻を置いておくことにした。自分に容疑がかからないように……」

そこで言葉を詰まらせる松永くん。その視線は、さきちゃんの大きく見開かれた目に留まっていた。

「……あー、これは違う。違う違う。今のは無しだ、無し。えーっと……もう一回最初から説明するぞ」

殺人事件という物騒なたとえ話をさきちゃんに聞かせることに躊躇したようだった。焦って訂正する松永くんを見て、わたしは少し得した気分になる。こんなに慌てる松永くんを見るのはかなり珍しい。

松永くんはきっといいお父さんになる。場違いな感想を抱いたわたしは、内心だけで少し笑っていた。

「AはBのことが、すごく……何て言うか……そう、嫌いなんだ。だからAはBに……嫌がらせをすることにした」

言葉を慎重に選びながら、松永くんはたとえ話を続ける。

「AはBの財布を盗んだ。その財布をBに見つからないようにして、困らせようとしたんだ。で、Aは財布を隠したんだけど、その隠し場所に、この未必の故意が作用することとなった」

未必の故意とは、心理状態のことを言うらしい。犯人であるAのその心理状態が、ミステリで言うところの、トリックに作用したということだろうか。

「Aはその財布を、Bが見つけられるかどうか微妙なところに隠しておいたんだ。Bは自分の財布を見つけられるかもしれないし、見つけられないかもしれない」

「Aの嫌がらせは達成するかもしれないし、達成しないかもしれない、ってこと？」

美由紀の問いに、松永くんは頷いた。

「どちらに転んでも、それならそれで構わないとする心理状態。それが、未必の故意だ」

松永くんは、そう総括した。意思を持った行為ではあるけれど、その行為自体が、行為者が意図して百パーセント成功するように仕向けられているわけではない。と、いうことだろうか。

「まあ今回の場合は、ばあさんは罪を犯そうとしてるわけじゃない。失踪したという行為に対して、この未必の故意が作用している」

成功しても、失敗しても、それはそれで構わない……。

「いいか？　ばあさんは俺たちの前から姿を消した。そして篠崎に手がかりを残したんだ。つまり……」

「ちょっと待って」

松永くんの言葉を遮り、わたしは言った。

「それってつまり、久美子さんはわたしたちと会うことができてもいいし、会えなくなってもいいって……どっちでもいいって思われてるってことだよね？」

「篠崎……」

「わたしたちが謎を解けたら久美子さんに会える。解けなければもう会うことはできない。わたしたちを試して、からかってるんだ……」

唇がわなわなと震え、眉間に力がこもる。わたしは完全に頭に血が上っていた。

「わたしたちがどれだけ久美子さんのことを心配してると思ってるの？　人の気も知らないで……」

「篠崎、落ち着けって」

美由紀とさきちゃんが身を縮こまらせ、怯えた表情になっている。二人を怖がらせるつもりはなかったけれど、わたしはどうしても込み上げる怒りを抑えられなかった。

「絶対に……絶対に、見つけ出してやる」

テーブルの上に置いたわたしの握り拳が怒りに震えていた。わたしは必ず久美子さんを見つけ出すと心に決めた。

*

美由紀と松永くん、さきちゃんたちと過ごした今日の昼間とは対照的な、ものすごく静かな夕食の時間。わたしはお母さんと向かい合いながら、黙々と口にご飯を運んでいた。

四人でファミレスに集合した昼間に、みんなで久美子さんの居場所を考えてみたけれど結局、誰も何も思いつかなかったし、糸口すらも見つけられないままだった。

わたしたちがこんなにも久美子さんに会いたいと思っているのに、久美子さんはわたしたちのことなんかどうでもいいと考えているらしい。

未必の故意。松永くんが解説してくれたその久美子さんの心理状態は、わたしの心を大きく裏切ったのだ。久美子さんは、わたしたちのことなんて……。

「楓、大丈夫？」

お母さんの声でわたしは我に返った。顔を上げると、お母さんが心配そうにこちらを見ていた。そうかと思うと、可笑しそうに口元を緩めて、魚の煮付けにお箸をつける。

「表情が豊かになったね。あんた」

「……」

「本当なら、親であるあたしが、楓にそんな顔をさせてあげなきゃいけないいんだろうけど」

お母さんはそう言って、視線を落とした。

「あのおばあさんの家に行くようになってから、色んな顔をするようになったね。自分じゃ気付いてないかもしれないけど」

「別に……」

お母さんとこんな話をするのは初めてだ。照れ臭くなって、わたしはそっぽを向く。

「あのおばあさん、お体大丈夫なの？」

わたしはその問いに、こくりと頷いた。

「でも……いなくなっちゃった」

「……」

お母さんはそれ以上、何も聞いてこなかった。またしばらく会話が途切れる。

「近所の人から聞いたんだけど……夜になると死神が夜道を歩いてる、って言ってる人がいるらしいよ」

「……」

「この辺りの人たちにとっても、あのおばあさんは特別というか……記憶に残るというか、そういう不思議な存在なのかもね」

「あの人は普通の人間だよ？」

「そうだね。あのおばあさんに人として向き合ってあげたのは、楓だけだもんね」

「……」

「楓、あんたは大丈夫だよ」

何がどう大丈夫なのかわからない。

「……お母さんに、何がわかるっていうの？」

無意識に、わたしはそんな棘のある言葉を発していた。瞬時に食卓の空気が凍りつく。

「……」

お母さんは黙り込んだままだった。いつもそうだ。肝心な時にお母さんは何も言ってくれず、わたしたち親子は言い争いすらできない。

この町に引っ越してきた時も、全てを自分一人で決めて、わたしには何も言ってくれなかった。そういうお母さんの自分勝手なところが、わたしは嫌いだ。

今思い返せば、わたしがこの町で色々と考えを巡らせるようになったのは、お母さんとのことがあったからなのかもしれない。

近所の人たちから死神と呼ばれているおばあさん。小テストの最中におかしな行動をとった男子生徒。ビジネス街をさまよう女の子。恋慕う男子のお守りを意図的に隠した女子陸上部員。

　わたしは謎を解くことで、納得したかった。理解したかった。わたしの身の回りに起きたことを。周りの人たちのことを。

　久美子さんはわたしたちの前から忽然（こつぜん）と姿を消した。何か事情があるのかもしれないし、それなりの理由があるのなら……寂しくなってしまうけれど、わたしはそれを受け入れるしかない。

　でも久美子さんは、わたしたちに何も言わなかった。お別れの言葉すら。

　久美子さんも、お母さんも、わたしに肝心なことを話してくれない。それがわたしには、どうしても許せなかった。

*

　時間だけが無為に過ぎていき、二学期が終わってしまった。わたしたちは相変わらず、久美子さんの居場所の手がかりすら見つけられずにいた。あれやこれやと考えてみたところで、結局わからず終い。不毛な思考の繰り返しだった。

　近所のスーパーでの買い物の帰り道。久美子さんの住んでいた家に寄り道してから帰宅するのが、わたしのお決まりのパターンになりつつあった。

桐原と書かれた表札は既に取り外されている。久美子さんの甥も、もうここには住んでいないということだろう。

手入れのされないこの花たちはいずれ枯れていき、最後にはこの青いバラだけが残るのだろう。なぜならこの花だけがつくりものだから。決して枯れることのない、青いバラの造花。変わり者の久美子さんを象徴するこの青いバラだけが、また新たな主人がこの家に住み着くまで、元気に咲き続けるのだろう。

「会いたいよ。久美子さん……」

せき止めていた感情が、わたしの内から濁流のように押し寄せる。込み上げる嗚咽(おえつ)を辛うじて食い止めたわたしは、数回の深呼吸を繰り返し、歩き始める。

嫌だ。こんなお別れの仕方は絶対に嫌だ。わたしはもっと久美子さんと、ツバサと一緒にいたい。それなのにどうして、どうして久美子さんはわたしたちの前から姿を消したのだろう。

わたしは買い物袋を持った手を思いっきり握りしめて、手のひらに食い込んだ爪の痛みを感じていた。

買い物を終えて帰宅。靴を脱いでいる最中スマホが震え、メッセージの着信を知らせる。松永くんから一通のメッセージが届いていた。

それは四人のグループメッセではなく、わたしと松永くんだけの個別のメッセージ。

松永くんからこうして個別で連絡が来たのは、そう、陸上競技場での一件。お守りを失くした松永くんが、慌ててわたしに電話をくれたあの時以来だ。

『明日の三時、よかったら付き合ってくれ。駅に来れるか？』

短いそのメッセージには、目的については書かれていなかった。それでも、わたしは即座に承諾の返事をした。

もしかしたら、久美子さんの居場所に関する手がかりを見つけたのかもしれない。

けれど、過度な期待は禁物だ。もしそうでなかった場合の落胆で、わたし自身が辛い思いをするだけになるかもしれない。

松永くんは聡明な人だから、その可能性は充分にあり得る。

今はあれこれ考えても仕方がない。わたしはスマホの画面を消し、夕飯の準備にとりかかった。

次の日、わたしは松永くんとの約束通り三時に駅に向かった。

券売機の手前に見知った顔を見つける。ジーンズにスニーカー、分厚いパーカーにジャンパーを羽織った松永くんは、無表情のままこちらに目を向けた。

「行こうか」

それだけ言って、松永くんは目的地へと足を向ける。その目的地が一体どこなのかは、わたしにはわからなかったけれど。

少し歩いたところに喫茶店があった。茶色を基調とした内装の、いかにも老舗(しにせ)といったようなお店だった。

店内に入ると、初老の店員がわたしたちを出迎えてくれた。その店員はわたしを驚いたように見やり、その後で意味深な視線を松永くんに向ける。

松永くんは困ったように笑っていた。二人のやりとりを見て、この店が松永くんの行きつけだということがわかった。

わたしはウィンナーコーヒーを、松永くんはブレンドを注文する。店員が厨房に向かったところで、わたしは松永くんに聞いた。

「どうしたの？　あらたまって。わたしに何か話すことでもあるの？」

「まあ、な。でもまあ、とりあえずゆっくりしようぜ。この後予定とか、あるか？」

「ないけど。夕飯の支度くらいかな」

わたしがそう言うと、松永くんはジャンパーの大きなポケットから文庫本を取り出した。本を広げると、それからは読書を始めてしまった。

注文した飲み物が来てからも、わたしたちの間に会話はなかった。わたしも鞄から本を取り出して、読み始めることにした。久美子さんがいないと次に何を読んだらいいかわからなくて、最後に勧められたミステリを、あれから何度も読み返している。

どうして家にいる時よりも、こうして家以外のところにいる時の方が活字を追うことに集中できるのだろう。学校の図書室しかり、こういった喫茶店しかり。本当に不思議だ。

ウィンナーコーヒーを啜る。生クリームの甘みとコーヒーの苦味が口いっぱいに広がり、わたしは次第に本の世界へと没頭していった。


どれくらいの時間、そうしていただろう。物語の一つの場面が終わり、わたしは顔を上げた。そこには松永くんがいて、そこでわたしは、一人ではなかったということに気付く。

文庫本をテーブルに置き、スマホをいじり、それに飽きれば窓の外をぼんやりと眺め、また本の世界に戻る。

最近はずっと落ち着かない日々が続いていたから、こんなに心が休まるのはなんだか久しぶりなように思う。

久美子さんはわたしたちをからかうように謎を残して、姿を消した。それからずいぶんと日にちが経ってしまった。未だに久美子さんの居場所も、その真意もわからないままだ。

「自分で考えな」

久美子さんの言葉は、わたしたちがその謎を解くことができることを示している。

それなのに、一向に手がかりすら見つけられていない。

そして、松永くんが言う、未必の故意。行為者が意思のある行為を起こすが、その結果が成功でも失敗でもそれはそれで構わないとする心理状態。それが、未必の故意。

久美子さんはわたしたちの前から姿は消したけれど、見つかってもいいし、見つからなくてもいい、そう思っている。つまり、このまま久美子さんを見つけられなければ、わたしたちはこれっきりだ。

寂寥と苛立ち。悔いと諦念。ここ最近は、そういった様々な感情がわたしを蝕んでいた。

「久美子さんは今、どこで何をしてるんだろう」

わたしはそんな言葉を、ぼそりと呟いていた。松永くんが顔を上げてわたしを見やる。

「久美子さんにとって、わたしたちはどうでもいい存在だったのかな？　わたしたちはもう、これからずっと久美子さんには会えないのかな？」

言ってから、自分の唇がわなわなと震えていることに気付いた。認めたくなかった事実を口にして、わたしは酷く動揺していた。心臓がどくどくと鼓動し、目頭が熱くなる。

こんな格好悪いところを異性に見られてしまったという羞恥心は、今のわたしにはなかった。失望と驚きで、自らを取り繕う余裕なんてこれっぽっちも……。

久美子さんに会えない失望と、わたしの中で久美子さんがこんなにも大きな存在となっていた驚き。その二つが大きなうねりとなり、心をめちゃくちゃに掻き乱す。

突然目を潤ませたわたしの姿に、松永くんは大きく目を見開き、驚いた様子を見せる。そのあとで、ゆっくりと視線を落とした。

「朝田が心配してたぞ、篠崎のこと。冬休みに入ったら学校もないから、しばらく篠崎に会えなくなる、ってな」

わたしの問いには答えず、松永くんは言った。

「……美由紀ったら、連絡くらいしてくれたらいいのに」

「朝田が連絡を躊躇してしまうくらい、最近の篠崎の落ち込みようが尋常じゃなかったってことだよ」

「そんなにわたし、落ち込んでるように見えたのかな。松永くんですら、こうしてわたしを誘ってくれたのに」

「そうだよ。俺が女子を誘うのに、どれだけ勇気を振り絞ったと思ってんだ」

「……」

松永くんが少しだけわたしから視線を逸らす。なんだかわたしも照れ臭くなって、思わず俯いてしまった。

「わたしを元気付けようとしてくれてるの？」

その気まずさを晴らすように、わたしは松永くんに聞いた。

「まあ、それもある。それともう一つ、篠崎に言いたいことがあったんだ。聞いてくれるか？」

松永くんはそう言って、文庫本をテーブルの上に置いた。

わたしは紙ナプキンを使って、目頭に溜まった水滴を手早く拭き取った。深く呼吸をした後で、松永くんの目を真っ直ぐに見据える。

「俺は篠崎に、補足説明がしたかったんだ」

「……補足説明？」

真剣な面持ちで、松永くんは頷いた。

「そうだ。未必の故意の話、前にしただろ？　それの補足説明だ」

謎を残して去った久美子さん。それを解くことができれば、わたしたちはまた久美子さんに会うことができる。でも、それは……。

「ばあさんは俺たちのことなんてどうだっていい。会えても会えなくても構わない。

篠崎はばあさんの未必の故意を、そう捉えた」

「違うの？」

「さあ、わからない。人の心なんて、完全には理解できっこないからな」

「……」

「でもな、俺の読んだ小説では、未必の故意はこんな使い方がされていたんだ」

少しだけテーブルに身を乗り出して、松永くんは説明を続ける。

「AはBのことを、殺したいくらい憎んでいる。Bは喫煙者だったから、AはBの家に忍び込んで、タバコの吸い殻を使って放火殺人を企てるんだ。全てを燃やすことで証拠隠滅を図り、自分に容疑がかからないようにした」

この話はおそらく、わたしと美由紀、さきちゃんの前でしようとした話だろう。その場にさきちゃんがいたことから、松永くんはこの話を断念したのだ。

「でもAはそのタバコの吸い殻を、燃え移るか移らないか、微妙なところに置いたんだ。放火が成功してBが死ぬかもしれないし、燃え移らずにBは助かるかもしれない。その微妙な位置にな」

「それが、未必の故意」

「そうだ。でもな、AはBのことを、死んでも死ななくてもどっちだっていいや、っていう投げやりな心境でいたわけじゃない。Aには、心の迷いがあったんだ」

「……心の迷い？」

「そう。Ａには良心の呵責があった。殺人はやっちゃいけないことだっていう、な。それに、Ｂは本当に殺されても当然の人物なのかって、疑問に思うようになったんだ」

「結果は、どうなったの？」

「結局火は燃え移らなかった。Ｂは助かって、探偵の推理でＡの悪事がバレて、Ａは殺人未遂で警察に逮捕された」

「……」

松永くんは一呼吸置いてから、わたしを真っ直ぐに見据える。

「ばあさんにも、心の迷いがあったんじゃないか？」

これが松永くんの、補足説明。わたしは聞き漏らすことのないよう、真剣に耳を傾けた。

「あんだけ気の強いばあさんだけど、体が弱ったら、心も弱くなるもんだろ？　ばあさんは自らの意思で、俺たちの前から姿を消した。それは間違いない。何かの事情があったのかもしれないし、心境の変化があったのかもしれない」

「……」

「でもな、ばあさんの心の片隅で、俺たちに会いたいって気持ちがまだ残ってるんじゃないか？」

　わたしの心臓が、大きく跳ねた。

「かなりのタイムラグがあった後で、ばあさんはお前に、自分で考えろ、って言ったんだ。それが今のばあさんの……精一杯だったたんじゃないか？」

　久美子さんの心の迷い、か。優しい松永くんらしい、前向きな捉え方だった。ネガティブな捉え方しかできないわたしには、到底思いつかない考え方だ。

　でも、それでも……もしそんなことを久美子さんが考えているとしたら、久美子さんがわたしたちに少しでも会いたいと思ってくれているのなら……どんなにいいだろうと、わたしは思う。

「松永くんは、わたしたちが久美子さんを見つけられると……本気で思ってるの？」

　にたりと笑いながら、松永くんは言った。

「見つけられるさ。なんてったって、こっちには名探偵がいるからな。篠崎楓っていう」

「ほんとに、やめて」

　わたしは松永くんのことをジト目で睨みつけたけれど、松永くんは心底おかしそうにけらけらと笑っていた。

「でも俺は本気で、この謎を解けるのは篠崎だけだと思ってる」

「買いかぶりすぎだよ」

「いや、お前に考える力があって、察しがよすぎるってこともあるけど……でもな、ばあさんのことを一番理解してるのは、篠崎だろ？」

「……」

「だからこそ、だ。これだけ考えても手がかりすら見つからないんなら、もっとあの偏屈ばあさんのことを考えてみたらどうだ？　理屈やトリックなんて後回しでいいんだよ」

久美子さんのこと。久美子さんがどういう人だったかをちゃんと理解してあげたら、わたしたちはまた久美子さんに会えるのだろうか。

少なくとも、松永くんはそう考えているようだった。

「みんなで、考えようよ」

「うん？」

「みんなで、久美子さんのことをさ。協力してくれるよね？」

迷うことなく、松永くんは頷いてくれた。わたしはとある決意を胸に、これからの冬休みの予定を決めたのだった。

家に帰ったわたしは、夕飯の支度前に、スマホを鞄から取り出した。四人のグループメッセを使って、わたしはみんなに協力を要請することにした。

もう一度、久美子さんに会うために。みんなで久美子さんを見つけ出そう。わたしはそう、メッセージを送った。

＊

クリスマスムードが高まりつつある街中。そこかしこの飲食店や販売店では華やかな装飾で賑わいを見せている。年末年始に向けた独特な雰囲気。物静かなようでいて、少し心躍る、この感じがわたしは嫌いではない。

いつもなら家でのんびりしているだけの冬休みを過ごすのだけれど、今年に限っては違う。わたしは、わたしたちは、とある決意を胸に駅前に集合していた。

わたしはみんなの顔を見回した。今のわたしたちには、少し前に集合した時のような陰鬱とした雰囲気はない。それぞれがやる気と決意に満ち溢れた表情で、互いの意思を確認し合う。

「みんな、ありがとう」

みんなで集まろう、と初めに声を挙げたわたしから、みんなにお礼の言葉を述べた。

「わたしはまた、久美子さんに会いたい。会って、何も言わずにどこかへ行っちゃったことを……めちゃくちゃに怒ってやりたい。みんな、わたしのわがままに付き合ってくれる？」

わたしの問いかけに、三人は頷いてくれた。

わたしの今までの人生において、こんなことは一度もなかった。わたしが誰かを自発的に誘って、行動を起こすことなんて。

これもまた、久美子さんのお陰なのかもしれないな。今はまだ会うことのできない大切な友人のことを、わたしは思い浮かべていた。

「そうだな。タダでお茶とお菓子を出してくれる大人を手放すなんて、もったいないからな」

松永くんの言葉に、美由紀とさきちゃんが笑った。松永くん、こういうことも言えるんだな。わたしは妙に感心していた。場の雰囲気が和み、みんなの笑顔が弾ける。

「よし！　久美子さん捜索隊の結成だね！　みんなで絶対に久美子さんを見つけ出すぞ！」

美由紀の大きな声が駅前に響き、周囲の通行人がこちらを見やっている。美由紀に恥ずかしがっている様子はない。

「えいっ、えいっ、おおーーっ!!」

掛け声とともに、美由紀は勢いよく右の拳を天高く突き上げる。わたしは完全に呆気にとられていた。高校生にもなってこんなことを恥ずかしげもなくできるなんて。ある種の尊敬の眼差しを、わたしは美由紀に向けていた。

さきちゃんの大きな目が爛々と光っている。この子は引っ込み思案なようでいて、どこか好奇心旺盛なところがある。

「おーっ！」

可愛らしくも勇ましい声が、美由紀のあとに続く。その小さな手を握りしめ、さきちゃんが美由紀の真似をしていた。

「おおー！」

そのまた次に、男らしい、太く、低い声。学校では決して見せないような茶目っ気を松永くんが披露する。その表情には少しの羞恥心が見てとれるけれど、それ以上に、松永くんはこの状況を楽しんでいるようだった。

三人が揃ってわたしの方を見やる。期待と好奇の視線を向けられ、わたしはたじたじになってしまった。

この状況でわたしだけが同調しなければ、ノリの悪い、拗ねた子どものようになってしまうではないか。わたしは美由紀に心底恨めしい目を向けてから声を上げた。

「お、おおーっ」

控えめに挙げられたわたしの右の拳。松永くんとさきちゃんがけらけらと笑い、美由紀だけが眉をひそめていた。

「なんか頼りないなぁ。かえちゃんが隊長なんだから、しっかりしてよ」

えっ、わたしが隊長なの？　っていうか隊長って何？　もうホントに勘弁してよ。

わたしたち四人は、一つの共通の目的のために集まった同志だ。わたしたちの前から姿を消した久美子さんを見つけ出す。それがわたしたちの唯一の望みなのだ。と言っても、何か捜索の目処があるわけではなかった。

わたしたちは、久美子さんに縁のある場所を思いつく限り挙げていった。近所のスーパー、ツバサと遊んだ公園、みんなで松永くんを応援した陸上競技場。けれどどの場所も、そこが人が住めるところかと言われたら、そんなはずがなかった。

久美子さんはわたしたちに謎を残し、自分で考えろ、と伝えた。ということは、わたしたちが久美子さんのいる場所を見つけることは不可能ではないはずだ。少なくとも、久美子さんはそう考えているはずである。

それがどれだけささやかな会話であったとしても。久美子さんとの会話で出てきた場所や施設、それらを片っ端からまわっていった。

松永くんは、ローラー作戦だ、と言っていた。小説の中の犯罪捜査で、警察がよくやる捜査方法なのだそうだ。

さしずめ、久美子さんが逃げまどう犯罪者で、わたしたちが警察といったところか。わたしがそんなおかしなたとえを言うと、松永くんはわたしのことを警察ではなく、探偵にたとえた。警察に協力する凄腕の探偵だ、と。美由紀とさきちゃんがその松永くんの言葉に便乗してきたけれど、わたしは素っ気なく首を振った。

これだけ考えても大切な友人の居場所の目処すらつけられないわたしは、探偵失格なのである。


その日の食事当番はお母さんだった。仕事帰りのお母さんが作る食卓はお惣菜が多い。それなのに、今夜は手作りのオムライスが並んでいた。小さい頃のわたしの好物。野菜は細かくみじん切りにされている。

「楓、ちょっといい？」

お母さんはスプーンを動かす手を止めると、覚悟したような目でわたしを見た。

「あのね……お母さん、怖かったの……」

お母さんが突然、真剣な顔になる。

「……え？」

「お父さんと別れて……一人で働いて、家事をしながら小学生の楓を育てて、それなのにご近所さんからは色々噂されて……」

「……」

「新しく生活を始めたかったの。だからお母さん、地元に帰りたかった。こっちの地元に帰ってくれれば、知ってる人もたくさんいるから、二人でも生活しやすくなると思ったの。でも……楓に言ったら、絶対嫌な顔されるって思った。断られるかもって。

楓が部活を頑張ってたのも知ってたし、楓の生活を壊してしまうこともわかってた。

だから、反対されるのが怖くて……楓には何も言えなかった」

お母さんはスプーンを置くと、姿勢を正してわたしの目を見た。

「その時に楓と向き合う勇気がなかったの。それに、言ってもわかってもらえないだ
ろうと思ってた。でも、楓はもう子どもじゃなかったんだよね。自分で考えて行動で
きるんだって、いつの間にか大きくなってたんだってわかった」

わたしは何も聞いていないのに、お母さんは早口にそんなことを言った。

「引っ越しを、勝手に決めちゃってごめん……」

わたしの不満の理由を、お母さんはちゃんとわかっていたようだった。こういうと
ころで理解し合っているのは、やっぱり親子なんだなと思う。

「……もう、いいよ。怒ってないから」

「……」

「こっちで友達、できたから。こっちでもちゃんと、やってるから」

「……そう」

「だから、これからはちゃんと言って。大事なことは、わたしに全部話して」

お母さんと目を合わせて、わたしは言った。

「うん、わかった。ちゃんと言う」

胸の内が少しだけ軽くなるのを感じながら、わたしはお母さんとぎこちない笑みを交わした。

＊

学校が冬休みに入ったとはいえ、年末年始は各々の用事や里帰りがあったために、四人で集まることはできなかった。

三が日が終わると、あっという間に残りの冬休みは無くなっていく。冬休みも残すところあと三日。三学期が始まってしまう。そうなれば丸一日時間を取ることは難しくなる。こうしてみんなで久美子さんを捜索する機会も格段に減ってしまうだろう。

この冬休みが終わるまでには久美子さんを見つけ出したい、最低でも手がかりくらいは見つけられたら、と思っていたのだけれど、思いの外、久美子さんの残した謎は難しいものだった。

わたしたちはその日、わたしたちの住む地区から少し離れた水族館に来ていた。以前久美子さんが、娘さんが小さい頃に家族三人でこの水族館に来たことがあると言っていた。

たったそれだけの理由だけで、わたしたちはこの水族館に赴いた。言い換えれば、久美子さん捜索の手がかりがもうそれくらいしかないことを意味していた。久美子さんに縁のある場所を挙げていくのもそろそろ限界だった。

大きな円柱のガラスケースの中を、アシカの仲間らしき哺乳類が優雅に天井へと泳いでいった。それを見たさきちゃんがきゃっきゃと楽しそうに歓声を上げ、そばにいる松永くんがまるで本当のお父さんのように微笑みながら眺めている。

水族館に久美子さんの手がかりがあるとは思えない。捜索は絶望的、少なくともわたしはそう考えていた。

四人で頑張ってはみたけれど、わたしたちは結局、久美子さんを見つけられそうにない。それでもわたしは、この久美子さん捜索隊の結成が無意味なものだとは思わなかった。やるだけのことはやったつもりだ。

それに、久美子さんを捜し出すという名目のもとに集まり、色んなところに赴く。それはそれで四人の思い出作りになったし、この冬休みの間、わたしもそれなりに楽しめたつもりだ。

美由紀と松永くん、それにさきちゃん。わたしのこの大切な繋がりも、久美子さんが残してくれたものなのだ。そして……このまま久美子さんは、わたしたちの思い出になっていくのだろう。

わたしたちは高校を卒業して、大人になっていく。いつかみんなと再会したわたしは、久美子さんを思い出の中の人として懐かしむのだ。わたしたちが友達になるきっかけを作ってくれた偏屈なおばあさんがいたね、と。

「かえちゃん？」

美由紀の声で、わたしは我に返った。美由紀が心配そうに見つめている。わたしは一体、どれだけ深刻な顔をしていたのだろう。

「わたしたちはもう、久美子さんを見つけられないのかな？」

わたしのその言葉は、自分でも驚くほどに沈んだものだった。美由紀にまた心配をかけてしまうな。楽しそうなみんなの前でそんなことを言ってしまったことを、わたしは軽く後悔していた。

「見つけられるよ。きっと」

落ち込むわたしとは対照的に、美由紀は自信満々に言い切った。

「こうしてあたしたちが捜索隊を結成したのにも、意味があるんだよ。あたしたちはいずれ、手がかりをゲットして、久美子さんの居場所を見つけ出すんだ」

「……」

「でもね、あたしたちの前に、固く閉ざされた大きな扉が立ちはだかるの。その扉を開けないと、久美子さんには会えないんだ」

「なにそれ？」

「その扉を開けるには、暗号を解読しなきゃならないんだ。それをね、かえちゃんが見事に解いてみせるの」

「映画の観すぎだよ」

「かえちゃんが鮮やかに扉のパズルを正解に導いて、扉の錠が、かちゃりと解かれる。その扉に手をかざして、かえちゃんはこう叫ぶの」

「……何て言うの？」

「ひらけ、ゴマ！　って。そしたら扉がゆっくりと開かれて、中からツバサが尻尾を振りながら近付いてくる。で、その奥で久美子さんがいつものように本を読んでるの」

地上波のテレビ放送を流し見しただけだからうろ覚えだけれど、トレジャーハンターが主人公のハリウッド映画にそんな作品があったように思う。わたしは大きなため息をついて、美由紀に言ってやる。

「そんなのフィクションの世界でしかあり得ないって。久美子さんの残した謎は、そんな風に解けるものじゃないよ、多分」

「じゃ、どんな風に解けるの？」

「それは……」

わたしはそこで言い淀んでしまう。少し考えた後で、口を開く。

「……わたしたちが久美子さんのことをちゃんと理解してあげていれば、謎は解ける」

以前松永くんが言っていたことを、わたしはそのまま口にしていた。

「わたしたちは既に、謎を解くための鍵を……手にしているんだよ」

わたしと美由紀の間に沈黙が落ちた。目を丸くしたまま、美由紀はわたしを見つめている。

「お腹空いた」

突然の声に、わたしたちは我に返る。さきちゃんがそばまで来て、口を尖らせていた。

「昼ご飯、食べに行こ？」

美由紀はそう言って、わたしの腕に飛びついた。わたしはさきちゃんの手をとって、三人で松永くんの方へと仲良く歩いていく。

水族館の近くのハンバーガーショップでわたしたちは昼食をとることにした。各々がドリンク付きのセットを注文し、席に着く。

楽しい食事になるはずだったけれど、わたしは先ほどの美由紀とのやりとりを引きずっていて、その陰鬱な雰囲気がみんなにも伝わってしまっていた。

「……かえちゃん、大丈夫？」

美由紀の心配そうな声にも、わたしは何も答えられずにいた。

「……」

松永くんの顔色にも失望が色濃く浮かび上がっていた。篠崎なら、ばあさんを見つけられる。そう言ってくれたあの時の明るさはなく、ただわたしを心配そうに見つめている。

わたしは一体、今どんな表情をしているのだろう。こんなにも親身になってくれる人達を前に、こうして落ち込むことしかできないのだろうか。

「……ツバサ、元気かなぁ」

突然さきちゃんがそう呟き、わたしたちはさきちゃんを見やる。ストローをくわえたさきちゃんもまた、わたしと一緒であまり元気がない。

「ツバサ、最近元気なくなってきてたし、心配だなぁ。友達が言ってたの。家の中で飼ってる犬って、引っ越しがすごく苦手なんだって」

「室内犬は自分の住処の間取りが変わると過度なストレスを感じるようになる、ってことか。俺も聞いたことある気がする」

さきちゃんの言葉に、松永くんがそう答えた。室内犬のストレス、か。

ツバサが久美子さんに引き取られた時点で、既に人間でいうところの高齢者の年齢にさしかかっているのだ。そこから再び引っ越したとなると、ツバサの負担が大きくなることは目に見えてわかる。

「……」

室内犬のストレス、ツバサの負担。なんだろう。何かが引っかかる。

今まで散々あちこちを巡り、懸命に手がかりを見つけようと躍起になっていたはずなのに、わたしはさきちゃんのたったそれだけの言葉に、何かの手がかりを見出せそうな気がしていた。

「そうだ！　久美子さん、本が好きでしょ？　だったら、よく行くって言ってた図書館に行ってみようよ」

美由紀の提案に、松永くんとさきちゃんが賛同する。

わたしはさきちゃんの言葉を何度も何度も、脳内で反芻していた。


昼食を食べ終えたわたしたちは、目的地の図書館へと向かった。久美子さんの家から近い、公民館に併設した図書館。

久美子さんが好んで読んでいた本は、もっぱらミステリ。わたしは小説のコーナーで色んな本を物色してみた。

久美子さんが好きそうな本をいくつか見つけることができたけれど、かといってそれが何かの手がかりになるかと言われればそんなこともない。

ここもハズレだろうか。久美子さんの手がかりは見つけられそうにない。

松永くんは本棚の小説を手に取り、活字を追っている。美由紀はというと、絵本コーナーでさきちゃんを相手に読み聞かせをしていた。

わたしは本棚と本棚の間をぷらぷらと歩いていた。学校の図書室とは格段に違う本の数に、一丁前に感心していたのだった。

ふと目に入った文字に、わたしの足が無意識に止まる。一体なんだろう。自分でもわからないまま、わたしはその本に目を凝らす。

その本の背表紙には、こう書いてあった。『色覚異常を正しく知るための本』。ずいぶんと古く、分厚い本だった。わたしはその本を手に取り、中を開いてみた。難しい文章が小さな字でぎっしりと書かれていた。

わたしは思った。今から十年、いや、もっと前に、久美子さんもこの本を手に取ったのだろうか、と。

久美子さんの娘さんは色覚異常者だった。そうだ……そのことに関する調べ物のために久美子さんはこの図書館に赴き、色覚異常の遺伝に関する何かを知ったようだった。

結果的にそれが久美子さんと娘さんの関係の不和を生み出すこととなり、そして二人は……未だに和解できていない。

わたしの額にじんわりと汗が滲んだ。なんだろう。何かを掴みかけている気がする。

わたしは逸る気持ちを抑え、目次から、色覚異常の遺伝に関する章のページへ飛ぶ。

子どもは、父親と母親から一つずつ染色体をもらい受ける。二つの染色体が、xとyで男の子、xとxで女の子が生まれる。そして、両親のうちどちらか、または両方が色覚異常の遺伝子を持っていると、それは子どもに遺伝する。そういった説明が、図式と共に書かれていた。

久美子さんの夫は色覚異常だったけれど、久美子さんは正常に色を識別することができた。そして、娘さんには色覚異常が現れた。

その図式によると、父親が色覚異常であっても、母親の染色体が正常なら子どもは色覚異常は発症しない、となっている。

「……」

父親のみ色覚異常だった場合、子どもが色覚異常を発症するにはもう一つの条件が必要だった。そしてそれは、もしかしたら……久美子さんがあの時に言い淀んだ、親子関係が破綻した決定的なきっかけとなったのではないだろうか。

「遺伝的保因者」。わたしは聞き慣れないその言葉を、心に留めておく。

その本があった場所のすぐ横に、比較的新しい本があった。これも色覚異常に関する本だった。

手に取り、中を覗いてみると、色覚異常者の見えている景色の写真が、正常な人のものと比較して載せられていた。

赤緑色覚異常。確か久美子さんは、娘さんの症状をそう言っていた。たくさんの色鉛筆が写っている写真を見てみると、確かに赤と緑系統が、白や黄のくすんだ色になっており、識別が難しくなっている。

美術の授業で、光の三原色というものを習ったことがある。この世に存在するほとんどの色が、その三色を混ぜ合わせることで表現できるということらしい。神様の理不尽な気まぐれのせいで、久美子さんの娘さんの視界から、そのうちの二つの色が消えてしまった。残された一つの色の系統だけが、比較的容易に識別することができる。

掲載された写真を見れば、それは明らかだった。たくさんの色鉛筆の中で、その色だけが……わたしの見ている景色と同じように色彩を放っていた。

そう、その色だけが。赤と緑はくすんで見えるけれど、その色だけが。

全てのピースが、一枚の絵になる。全ての線が、一本に繋がる。ミステリ作品でよく使われる、謎が解けた時の比喩表現。その言いまわしが、今のわたしの脳内を表す一番的確な表現だと……わたしは思った。

久美子さんが消えた動機。久美子さんの今の心境。久美子さんに辿り着く方法。そして……久美子さんの居場所。

全てが。全てがわたしの頭の中で構築されていく。やっぱり思った通りだった。全てはわたしの頭の中にあった。手がかりも、辿り着くための方法も、全て。

その全てを理解したわたしの心が、体が、どうしようもなく震えた。

「おい、篠崎」

様子がおかしいわたしを心配して、松永くんが声を掛けてくれる。その声は優しい松永くんらしく慌てていたけれど、本当に心配はいらない。むしろ、わたしは嬉しかった。久美子さんという人のことを、本当の意味で理解できたのだから。

「久美子さんの居場所、わかったよ」

松永くんの目が、驚きで見開かれる。わたしは少し目を細め、松永くんに笑いかけてみせた。

＊

まもなく三学期が始まる。けれど、長期連休が終わる寂しさや、新学期が始まってしまうことを残念に思う気持ちは、今のわたしにはなかった。

ただ、クリスマスや年末年始のイベントの数々を、久美子さんやツバサと一緒に過ごせなかったことを惜しむ気持ちだけが、わたしの胸の内にはあった。

わたしは今から、久美子さんに会いに行く。けれど、久美子さんがわたしたちのことを受け入れてくれるかどうかは、今はまだわからない。

「まずは篠崎一人で、ばあさんに会いに行け」

久美子さんの居場所を知りたがる美由紀とさきちゃんをなだめながら、松永くんはそう言った。

「言いたいことが山ほどあるだろうから、篠崎とばあさん、二人きりで話をしてこい」

と、わたしに言ってくれた。

落ち着きを取り戻した美由紀が、松永くんに賛同してくれた。

わたしは、久美子さんと二人きりで会った後で、必ずその居場所をみんなに教えることを約束し、一人、久美子さんのもとへと向かっている。

ここ最近ずっと、わたしは久美子さんの居場所がどこなのかを、ひたすら推理していた。様々なヒントを得てわたしが辿り着いた答えは、一つの仮定から始まる。その仮定は、言い換えれば、今回の謎の結論でもあった。

ヒントをくれたのはさきちゃんだった。さきちゃんは久美子さんのことだけではなく、ツバサのことも心配していた。

間取りが変わることでひどく戸惑ってしまうのではないか、と。ツバサがストレスを溜め込んでしまうことを、さきちゃんは心配していたのだ。

わたしはその時に思った。引退犬飼育ボランティアをやっている久美子さんが、引退犬に対してそんな酷なことをするだろうか、と。

わたしたちの目の前から姿を消すためだけに、老犬に負担をかけるようなことをするだろうか。わたしの知っている久美子さんは、そんな人だっただろうか。

わたしの考えた答えは、ノーだ。それなら、その答えが正解だったとして、久美子さんは一体どこに行ってしまったのか。

わたしが思いついたその仮定は、馬鹿馬鹿しくて、突拍子もなくて、あまりにも呆気ないものだった。

どうしてわたしは、あの家から桐原という表札が取り払われただけで、空き家になったと勘違いをしてしまったのか。

「久美子さんは……居留守を使っている」

今まで何度も行き来した死神の家へと続く歩道を歩きながら、わたしは一人呟いた。

久美子さんは旦那さんが遺してくれたあの家を、終の住処にすると言っていたではないか。久美子さんは自分の意思を簡単に曲げるような人ではない。そのことに気付いていれば、わたしはもっと早くに久美子さんの居場所に気付けたかもしれないのに。

それに、お母さんも言っていたではないか。近所の人たちの間で、死神が夜に出現すると噂されている、と。それはおそらく、わたしたちに姿を見られないように、買い出しなんかの外出を、夜に済ませているからだろう。

どうしてそこまでして……。わたしは久美子さんに、減らず口の一つでも叩いてやりたくなった。

久美子さんが居留守を使っているという、この大いなる馬鹿げた仮定が正解であったとしても、それだけではわたしが久美子さんに辿り着くには不十分だった。

あの家の玄関扉は、いつも鍵がかかっている。わたしがインターホンを押しても、居留守を使っている久美子さんが鍵を開けてくれるはずがない。現に、久美子さんが消えてすぐ、わたしは何度もこの家を訪ねてインターホンを押したけれど、なんの反応も示してくれなかった。

扉を開くためには、久美子さんの残したもう一つの謎を完璧に解く必要があるのだ。

久美子さんを見つけられずに落ち込んでいたわたしに、松永くんはこう言ってくれた。久美子さんのことを深く理解しているわたしなら、謎を解くことができる、と。

久美子さんはどんな人なのか。そのことを思い返すことこそが、この謎を解く、文字通りの鍵となっていたのだ。

久美子さんには一人娘がいた。夫婦は共働きだったので、学校から帰ってくる娘さんのために合鍵を隠していた。家族三人にしかわからない、秘密の隠し場所に。

久美子さんは娘さんと仲違いを起こし、二人は疎遠になってしまった。それでも久美子さんは、今も娘さんに会いたいと願っている。そして、娘さんがいつ訪れたとしてもあの家に入れるようにしている、と言っていた。


久美子さんの家に到着したわたしは、改めてその家の全体を見やる。その半分ほどを蔦で覆われた、グレーの壁の二階建ての家。初めてお邪魔した時には鬱蒼と茂っていた庭の木々は、今は枯れ枝を伸ばすだけになっている。玄関の表札は取り払われ、静まりかえったその家は、一見すると空き家にしか見えない。

でも、花壇の赤いシクラメンの花は色鮮やかに、元気よく咲いている。そう、それはこの家の主人が、花の手入れを怠っていないという証拠でもある。久美子さんは間違いなく、この家にいるはずだ。

わたしの推理が正しければ、今から一、二分後にはこの家の中に足を踏み入れ、久美子さんと再会している。心臓の鼓動が速まり、わたしは少し息が荒くなっていた。

息を大きく吸い込み、吐き出した。久美子さんの過去をなぞりながら、一つ一つ、大切な言葉たちを取り上げていく。合鍵。秘密の隠し場所。そして、娘さんはいつでもこの家に入ることができる。

久美子さんは、娘さんのことを語った時、こう言っていた。

「空や水の色は、きっちりと描けていた」

久美子さんの娘さんは、色覚異常者だった。特に、赤と緑系統の色が識別しにくかった。光の三原色のうちの、その二つの色を失っていた娘さんは……青色だけは、比較的容易に識別することができた。

そして、こうも言っていた。久美子さんの娘さんは、

「合鍵を持っていない。今は……」

わたしは視線を落とし、花壇の隅を見やった。そこには、変わり者の久美子さんを象徴するような、周囲とは違う色で鮮やかに咲く一輪の花があった。

シクラメンの花壇の中、決して枯れることのない、青いバラの造花。わたしはその造花に手を伸ばす。

この家に住む家族の一人娘がまだ幼かった頃。自分たちにしかわからない秘密の隠し場所に、家族はこの家の合鍵を隠していた。

旦那さんが亡くなり、娘さんと疎遠になった今でも、この家に住むおばあさんは昔と変わらない場所に合鍵を隠している。娘さんとの再会を願って。

そう、美由紀が言っていたではないか。青いバラの花言葉は……。

青いバラの造花の根元、花壇の土に手を入れて、周囲を少し掘り起こしてみる。人差し指の先、何か硬いものが当たった感触があった。

わたしはそれを摘み上げた。銀色に光る金属製のもの。それは、鍵だった。おそらく、いや、間違いなく、この家の鍵。

わたしは玄関扉まで行き、鍵を鍵穴に挿した。ふう、と一呼吸置いてから、目を閉じる。美由紀の顔を思い浮かべながら、わたしはこう呟いた。

「ひらけ、ゴマ」

かちゃり、と錠が開く音が聞こえた。それは、わたしの推理が間違っていなかったことを証明する正解音でもあった。

玄関扉を開けると、見慣れた風景がわたしの目に飛び込んでくる。二階へ続く階段、奥に伸びる廊下、その突き当たりにあるトイレ。

ここは間違いなく、久美子さんの家だ。けれど、人の気配が一切感じられない。まさか本当に、空き家になったなんてことは……。

確かめてやる。わたしは息巻いていた。家に上がるために靴を脱ごうとした瞬間、扉の向こうの居間から犬が飛び出してきた。黄金色の体毛の、大型犬。その犬は間違いなく、わたしの友達だった。

「ツバサ……ツバサ！」

わたしは嬉しくなって大きな声を上げた。けれど、ツバサの様子がおかしい。牙をわたしに見せながら、低く唸っていた。

わたしを威嚇している。信じられない事実に思い至り、わたしは驚きのあまり体が固まってしまった。

ツバサが大きな鳴き声で、わたしに吠え出した。まさか、この子はツバサじゃない？ツバサはもう死んでしまって、また別の子を久美子さんが引き取った？　わたしは混乱した。

いや違う。この子は絶対にツバサだ。わたしが間違えるはずなんてない。でもどうして？　ツバサはわたしを忘れてしまったのだろうか？

「……ツバサ！　わたしだよ？　ツバサ！」

ツバサに忘れられてしまったことが怖くて、わたしは叫んでいた。でもツバサは、わたしに気付いてくれない。眉間に大きなシワを寄せて、わたしに牙を向けながら吠え続ける。一体、どうして……。

「ツバサっ‼」

わたしは一歩近付きながら、さらに大きな声で叫んだ。黄金色の体がピクリと反応し、驚いた様子を見せる。

わたしの心は、恐怖に支配されていた。まるでこの家で過ごした日々が全部幻であったかのように思えた。

わたしの中で絶望が渦巻く。わたしの知っているツバサは、ここにはいない。久美子さんも……。

わたしが死神と過ごした日々は、孤独を忘れるためにわたしが創り出した幻想だったのだろうか。

「……ツバサ？」

ツバサが牙を収め、大きな舌を上下させていた。はぁ、はぁ、と息をしながら、お座りの状態で尻尾を振っている。

その目は、わたしの知っているいつものツバサの目だった。ただ、瞳の奥が少し白く濁っているように見える。

老化の影響で視力が低下している。だからわたしに気付けなかったのだろうか。以前会った時よりもずっと、ツバサの老化が進んでいる。悲しい事実に思い至り、わたしは思わずツバサを抱き締めていた。

わたしを間近で目視できたからか、わたしの大きな声を認識できたのか、はたまた、匂いでわたしだと理解できたのか、とにかくツバサはわたしのことを思い出してくれた。その事実だけで、わたしは飛び上がりたくなるくらいに嬉しかった。

「驚かせて、ごめんね」

わたしが体を離すと、ツバサは居間の扉の前までよたよたと歩き、こちらに一度振り向く。こっちにいるよ。ツバサがわたしにそう言ってくれたような気がした。

ツバサに案内されるままに、わたしは居間へと足を踏み入れる。間取りも、家具や家電の配置も、何一つ変わっていない。わたしがこの世で一番居心地がいいと思える、安らぎの場所。

やっと、やっと辿り着いた。そして居間の奥。大きな籐の椅子に座って、本を読んでいる人影が見えた。

わたしの友達。半世紀も年上の、近所で死神と恐れられているおばあさん。偏屈で、好奇心旺盛な、わたしにとってのかけがえのない人。

「まさか本当に、ここだと気付くとはねぇ」

文庫本を開いたまま、こちらには振り向かずに、久美子さんはそう言った。

＊

「ねえ久美子さん、ちゃんとこっちを向いてよ。話し相手に対して失礼だと思わないの？」

感動の再会なんかにはしたくない。妙な意固地さを発揮していたわたしは、そんな棘のある言葉を口にしていた。

その言葉に応じて、久美子さんがこちらに振り向く。

「確かにその通りだ」

不敵な笑みを浮かべながら、死神はそう言った。

泣くもんか。絶対に、泣いてやるもんか。喜び、安堵。怒り、苛立ち。様々な感情がわたしの胸の内で渦巻き、理性が決壊しようとしていた。

奥歯を思いっきり嚙み締めながら、わたしは手に持っていた合鍵を勢いよくテーブルに置いた。ばん、と大きな音が響く。その合鍵を久美子さんに見せつけ、わたしは鼻から、ふん、と息を吐いた。

「ご名答。あんたは本当に勘がいい」

余裕の表情を崩さずに、久美子さんが言う。

「もしわたしが久美子さんを見つけられなかったら、どうするつもりだったの？」

わたしがこの場所に気付けたのも、みんなのお陰だった。松永くんがわたしを励まし、さきちゃんが気付かせてくれ、美由紀が手がかりのある場所に案内してくれたから。みんながわたしを、この場所へと導いてくれた。もしこの中の誰か一人でも欠けていたら……考えただけでも、ぞっとする。

「どうもしないさ。あたしは一人きりのままだ」

「それが久美子さんの、未必の故意なんだね」

「お、よく知ってるね」

「松永くんに教えてもらっただけだよ」

軽口の叩き合いをしたいわけじゃない。わたしは険しい表情を作って、久美子さんを問い詰める。

「何も言わずに姿を消して、わたしたちがどれだけ……」

「あたしは消えてなんかいない。ただ玄関の表札を外しただけさ」

わたしの頭に、瞬時に血が上る。

「屁理屈が聞きたいんじゃないの。ちゃんと答えて……！」

わたしの心からの叫びに、久美子さんは一つため息をついた。

「おや？　謎を用意しろと言ったのは、あんたの方だろう？」

笑みを漏らしながら、久美子さんは続ける。その余裕の表情を、絶対に崩してやる。

わたしは意地になっていた。

「そう。なら言い当ててあげるよ。久美子さんが娘さんと仲違いを起こした、決定的な理由。それと……」

「……」

「久美子さんがわたしたちの前から姿を消した動機もね」

久美子さんは文庫本を閉じ、テーブルの上に置いた。わたしの方にゆっくりと視線を向け、聞く姿勢をとる。その所作は、あの時と全く同じものだった。

そう、死神と呼ばれる久美子さんの正体をわたしが見破った、あの時と全く同じ……。

「約束、忘れてないよね？」

わたしの言葉に、久美子さんは鼻で笑った。


ツバサがわたしと久美子さんの様子を、心配そうに見つめている。わたしはツバサの顎をさすってあげてから、久美子さんに向かって言葉を紡いだ。

「久美子さんが娘さんのことを話してくれた時、遺伝に関する本のことに触れたよね？図書館でその本を見つけた、って」

「……」

「そこに書いてあることを読んで、久美子さんは娘さんとまともに接することができなくなってしまった。それはなぜか。そこに一体何が書かれていたのか。そのことが、今回の久美子さんが姿を消した動機にも繋がっているんでしょ？」

「憎たらしい子だ」

わたしの得意げな物言いに、久美子さんはそんなことを言った。でもその言葉とは裏腹に、久美子さんの口角は相変わらずニヤリと吊り上がっている。

わたしは一つ深呼吸をすると、今回の一件の核の部分に切り込んだ。

「久美子さんは、色覚異常の遺伝的保因者だった」

わたしがそう言った途端、久美子さんの余裕の表情に初めて陰りが見えた。

「父親が色覚異常でも、それだけなら色覚異常の子どもは生まれない。母親の染色体が正常なら」

「……ふっ」

「つまり……久美子さんは色覚異常の素質のある染色体を持つ、遺伝的保因者。娘さんに色覚異常が発症したのは、久美子さんにも要因があった」

久美子さんは否定も肯定もせず、わたしの目をじっと見据えている。

「そして、自分にも要因があると知った久美子さんは、変わってしまった。娘さんへの罪悪感から、接し方がわからなくなってしまった」

言いたいことはまだあったので、このまま続けさせてもらうことにする。

「久美子さんはこの家を終の住処とすることにこだわっていた。人と関わりを持つことなく、孤独に死んでいくことを望んだ。死神と呼ばれて近所の人たちから疎まれても、意に介してなかった。一人になれるのなら、それはそれで都合が良かったもんね」

「……」

「娘さんに寄り添えなかった自分には、それくらいの罰が必要だと考えたんでしょ？　馬鹿げた考えだね」

「うるさいよ」

「でも……その罰を自らに与えている最中に、とある邪魔者が登場する」

「……」

「一人の捻くれ者の高校生が、ね」

久美子さんの乾いた笑いが、死神の家の居間に響いた。

「その高校生は、死神と恐れられている自分にやたらと突っかかってくる。しかも、あろうことか、同級生二人と可愛い女の子を引き連れてきた。家が賑やかになってきたことに危機感を覚えた死神は……」

「ずいぶんと誇らしげだね」

「自ら姿を消すという選択をした。娘に寄り添えなかった罪を贖うための罰を、再び継続させるために」

久美子さんの表情は変わらない。でもわたしは、自分の推理に自信を持っていた。

「わたしを最初に家にあげたのが間違いだったね。あれはただの気まぐれだったの？　それとも、孤独に耐え切れなくなった？」

「……さあ、どっちだろうね」

わたしの憎まれ口に、久美子さんはそう答えた。

「ねぇ、一つ質問をしていい？」

久美子さんは諦念の表情を浮かべている。その姿は、探偵に真相を明かされた犯人のようでもあった。

「久美子さんは警察官になれなかった娘さんに言ってあげたよね？　色覚異常というハンディキャップを持っていようがいまいが前向きに生きなきゃ、って。可能性は狭まってしまうけど、道が閉ざされても別の道を見つければいいって。それなのに……」

わたしの問いに、久美子さんは素直に頷いた。

「ああ、確かにそう言った。でもあたしは、自分が保因者であるという事実を知ってしまった。あたし自身にも、娘が夢を諦めなければならない要因があったと知った時に……」

久美子さんの顔が苦悶に歪む。こんな表情をする久美子さんを、わたしは初めて見た。

「大きなショックを受けたのさ。その時あたしは、自分の愚かさを知った」

「……愚かさ？」

「そうさ。あたしが言ってきた言葉が、どれだけ薄っぺらだったかってことを思い知らされたのさ。あたしは今まで、部外者の立場でしか物を言えていなかった。娘の苦悩も、夫の罪悪感も、全く理解できていなかったのさ」

「……」

「考えてもみなよ。あたしがもし心の底から、色覚異常なんて大したことはない、別の道でも前向きに生きられる、と本気で考えられていたら……自分が実は保因者だったという事実を知っても、ちょっと驚きはするだろうが、平常心でいられたはずだ」

「でも、久美子さんが娘さんに言ってきた言葉は、間違いじゃないよ」

「そうだね。間違いではない。でもそれは、ただの薄っぺらな正論でしかない。親としての模範解答でしかないのさ。逆に言えば、どれだけ間違ったことを言っても、それで構わなかったんだ。ああ！　なんて可哀想な子だろう！　色覚異常者を迫害するこんな世の中間違ってる！　ってね。それが……」

「……」

「娘と夫に、ちゃんと寄り添えて言えた言葉ならね」

秋の陸上競技場での一件。末岡さんの意図に気付いたわたしは、松永くんにどういった言葉を掛ければいいかを迷っていた。

そんな時、久美子さんはわたしにこう言ってくれた。人に寄り添うことができたなら、それが間違った言葉だろうが構わない、と。

久美子さんがわたしに言ってくれたその言葉には、久美子さんの過去が関係していたのだ。娘さんとの、悲しい過去が。

「夢を見たんだ。この家の外で倒れて、救急車で運ばれて、病院のベッドで起きるまでの間にね」

「……」

わたしが黙っていると、久美子さんはわたしが心配していると思ったようだ。

「今はもうなんともないよ。ただ単純に体にガタがきているだけだ。誰にでもあることさ。でも、引退犬を引き取るのは、ツバサでやめにしたほうがいいかもしれないね」

あっけらかんとそう言った。

「それでね、その時とても素晴らしい夢を見たんだ。あたしは布団の中で、天寿を全うしようとしていたんだ。そばにはツバサもいた。それに、あんたとちょこちゃん、少年とさきちゃんも。みんなしてあたしの死に様を見届けようとしてくれていた」

自分が死んでしまう夢を素晴らしいと形容する神経が、わたしには理解できなかった。これも久美子さんが、死神と言われる所以(ゆえん)だろうか。

「その時に、あたしは思ったのさ」

久美子さんの目に、深い闇が落ちる。わたしの背筋に悪寒が走った。

「何ておこがましいんだろう、ってね」

「……」

「だってそうだろう？　あたしは実の娘にすら寄り添うことができなかった。それなのに、どのツラ下げて人様の子どもたちに看取られようとしている？　何て傲慢なばばあだろうって。あんたもそう思うだろう？」

久美子さんは腹を立てている。自分自身に。我が子に対する罪悪感をこれ以上なく重くして、それを十字架に形作った。その十字架を、何年も背負いながら生きてきたのだろう。

「だから、わたしたちとお別れしようって考えたんだね。でもそれは、わたしには関係ない。久美子さんの罪も、罪悪感もね」

「……」

「安心して。久美子さんが引退犬を引き取るのは、ツバサが最後じゃないよ。わたしたちがちゃんとフォローしてあげるから」

わたしは久美子さんに、そう言ってやった。久美子さんは皿のように目を丸くしている。

テーブルに置いた合鍵を掴み、わたしは久美子さんに見せつけた。

「この鍵は、わたしが……わたしたちが見つけたものだから！　これはもう久美子さんのものじゃない。久美子さんが嫌がっても、わたしたちはこの家に何度でもあがり込んでやるから！」

わたしはムキになっていた。他の誰でもない、死神のために。……そう、この死神のせいで、わたしはずいぶんと変わってしまった。

この町に引っ越してきて、死神のおばあさんに出会った。それまでは人と関わりを持とうだなんて考えてもいなかったのに……この死神のせいでわたしは、他人にお節介を焼く面倒くさい女になってしまった。

「不法侵入じゃないよ？　わたしたちは、この家に自由に出入りする権利を手に入れたんだからね」

「……ははっ」

「久美子さんが見たその夢、わたしが絶対に正夢にしてやるから。わたしは……久美子さんの死神になる。久美子さんの命は、わたしが吸い取ってあげるよ。そしたら、久美子さんの命は……」

わたしは久美子さんを、真っ直ぐに見据える。不思議な感覚だった。それはまるで、久美子さんの一部がわたしに乗り移ったような。

「……久美子さんの命は、わたしのものになる」

久美子さんは深くため息をつく。

「なんて傲慢な子だろうねぇ」

「悪い？」

「死神の死神、か……。本当に馬鹿な子だ。あんたは」

そう言いつつ、久美子さんは笑っていた。物わかりの悪い子に困り果てたような、そんな笑みだった。


美由紀、松永くん、さきちゃん。三人がわたしに手がかりを与えてくれ、わたしが久美子さんの居場所を突き止める。わたしたち久美子さん捜索隊は、その全員の見事な協力プレイにより、目的を果たすことに成功したのだった。

わたしは久美子さんに再会した後で、みんなに事情を説明した。飛び跳ねながら喜ぶ美由紀が音頭を取り、四人でハイタッチを交わした。

＊

長かったような短かったような冬休みが明けて、三学期が始まった。

わたしは以前と同じように、放課後に久美子さんの家にお邪魔し、紅茶と和菓子をご馳走になる日々を送っている。

美由紀もほぼ毎日、わたしと一緒に久美子さんの家に通い、松永くんとさきちゃんも時間がある日には顔を出してくれていた。

わたしたちの憩いの場は、わたしたちの手によって取り戻された。わたしは今、わたし自身が望んだ日々を送ることができている。でも、心配事がないかと言われれば、そんなことはなかった。

久美子さんの体は、わたしが見る限りでは大丈夫そうだった。病院で検査を受けたらしいけれど、特に大きな異常は見られないと言われたそうだ。

それ以上に、わたしが心配しているのは……。


とてもよく晴れた日だった。わたしが学校を終えて久美子さんの家に行くと、その時既に、ツバサは天国へと旅立っていった後だった。

眠るように逝ったよ。久美子さんはわたしにそう言った。この子は幸せだった、あんたたちのお陰だ、とも言ってくれた。

「あたしがツバサと一緒に姿を消したのは間違いだったかもね。この子のことを考えたら、もっとあんたたちと遊ばせるべきだったろうに」

そう語る久美子さんは、とても寂しそうな目をしていた。

役所の手続きを経て、ツバサは火葬されることになった。ツバサとのお別れ会には、松永くんとさきちゃんも来てくれた。

　さきちゃんは終始、涙をぽろぽろと零し、美由紀がずっとさきちゃんに寄り添っていた。さきちゃんのすすり泣くこの声も、天国のツバサにきっと聞こえていることだろう。

　わたしと久美子さん、美由紀と松永くんにさきちゃん、それにツバサ。五人と一匹で過ごしたこの日々を、わたしは決して忘れることはないだろう。

　ツバサ、ありがとう。わたしは今も胸の中にいるツバサにそう伝えた。


　ツバサがいなくなってしまったこともあり、久美子さんはそれからしばらく、あまり元気がなかった。久美子さんは本当の意味で一人暮らしになってしまったのだから、無理もないことだった。

　とある日の学校終わり。久美子さんの家へと続く歩道を歩いていたわたしは、この辺りでは見たことのない、背の高い美人を見かけた。

　背筋がよく伸びており、鼻が高く、日本人離れした彫りの深い顔立ち。どことなく久美子さんを彷彿とさせた。もしかして……。わたしは期待に胸を膨らませ、その綺麗な女性の動向を密かに見守ることにした。

　わたしが久美子さんの用意した謎を解けたら、久美子さんは娘さんに連絡を取る。

久美子さんが倒れる前、わたしたち二人の間で交わされた約束を絶対に守ってもらうことを、わたしは執拗に久美子さんに迫った。

久美子さんがわたしに謎を提示できたのは偶然の産物だったと思う。まさか自分が倒れることになり、そこで心境の変化が起こるだなんて、そんな予想ができたと考えるのは少し無理がある。

でも結果的に久美子さんは、解けるかどうかわからない謎をわたしに提示し、それをわたしは解いてみせた。

わたしのもう一つの目的、それは、久美子さんを娘さんと会わせることだった。

その女性は、久美子さんの家の前で足を止めた。蔦の絡まる家を感慨深げに眺めた後で、花壇の隅の一点に目を留める。

青いバラの造花。女性は庭に足を踏み入れると、数日前にわたしがそうしたように、その造花に手を伸ばす。

「あのっ」

わたしは思わず声を出していた。女性が驚いたようにこちらに目を向け、警戒心を露わにする。わたしは慌てて鞄から鍵を取り出した。

「ごめんなさい。これ……あなたよりも先に、わたしが取ってしまいました」

「……あなたは?」

女性はわたしにそう問うた。わたしは胸を張り、彼女の目を真っ直ぐに見据える。

「久美子さんの、友達です」

思慮深そうなその女性は、わたしの様子をじっくりと観察している。確信していた。この人は間違いなく……。

わたしは手に持っていた鍵を女性に手渡す。鍵を手にした女性は、玄関扉へ向かい、扉を解錠した。

「この鍵は、あなたが持っていてくれる？」

そう言って、女性はこの家の鍵をわたしに返却した。わたしはこくりと頷いて、鍵を受け取る。

今日はこの家にお邪魔するのはやめておこう。わたしは文字通りのお邪魔虫になってしまう。回れ右をした、その瞬間。

「ねぇ……あなたも一緒に、あがらない？」

女性の方から、わたしにそうお誘いの言葉を掛けてくれた。

女性は少し困った顔をしていた。久美子さんと同じく気丈な女性に見えるけれど、久しぶりの再会に緊張しているようだった。

とても嬉しいお誘いだったけれど、感動の再会を邪魔してしまうほどわたしは空気の読めない女ではない。

「すみません。用事を思い出したんで、今日は帰らせてもらいます」

この人は青いバラの造花を見つけ、迷うことなく手を伸ばした。間違いなく、久美子さんの娘さんだ。

帰り道、わたしは青いバラの花言葉を思い出していた。その花言葉は、美由紀と初めて一緒にこの家を訪れた時、美由紀が教えてくれたものだった。

元々の花言葉は「不可能」。青いバラはこの世には存在しない花だった。技術が進歩し、品種改良の結果、人間は青いバラを生み出すことに成功した。

その時から、青いバラの花言葉は、「不可能」から別の言葉に変わった。

「夢かなう、か……」

結局わたしは、死神の手のひらの上で踊らされっぱなしだった。偏屈なくせに寂しがりやな死神に、まんまと操られていたわけだ。

自らの居場所を突き止めさせ、家の合鍵を託され、一人娘との再会のきっかけを与えさせる。その全ての役目を、わたしは背負わされることになったのだから。

まあでも、悪い気はしない。わたしは死神の死神を拝命されたのだから、これくらいはわたしにとっては朝飯前なのである。

エピローグ

わたしと交わした約束通り、久美子さんは娘さんに連絡を取ってくれたようだった。その結果、桐原親子は無事に再会できたわけだけれど……終始お互い遠慮してばっかりだったそうだ。まあ、それは仕方のないことだと思う。十年も仲違いで会えていなかったのだから、最初から上手くいってしまう方が不自然だ。

娘さんは仕事が忙しいらしく、頻繁に会うことは難しいだろうけど、まあ、なんとかなるだろう。お互いに寄り添う意思があるのなら、会えない時間も物理的距離も、問題にはならないはずだ。

わたしたち久美子さん捜索隊の四人は、久美子さんを見つけ出し、自分たちにとっての憩いの場を奪還することに成功した。そして以前と同じように、久美子さんの家に集まっては、楽しい日々を送っている。

以前と同じように、と言ったけれど……一点だけ、わたしたちの関係性に変化があった。わたしと松永くんが正式にお付き合いを始めた、という一点だけ。

　とある休日のお昼時。さきちゃんが突拍子もなくわたしたちに聞いてきたのだ。かえちゃんと蒼太くんは付き合っているのか、と。今の小学生は、なんとまあ、ませているのか。わたしは驚かされた。

　その問いに、美由紀が即答で肯定したのだった。わたしが素早く突っ込みを入れたけれど、久美子さんがけらけら笑っていたから、なんだかどうでもよくなってしまった。

　それからというもの、わたしはたまに松永くんと二人きりで出かけるようになった。今のところわたしたちの距離感に大きな変化はない。薄皮一枚、一度たりとも触れ合うことすらできていない。

　でもいずれは、胸のときめきであったり、そういったものを感じることがわたしにもできるかもしれない。その相手として松永くんがそばにいてくれるのなら、どんなにいいだろう。そんなことを思いながら、わたしは松永くんとのお付き合いを続けている。

　それから、お母さんのこと。あの後わたしとお母さんは、少しずつだけど母娘の会話が増えてきた。すぐに仲良し親子というわけにはいかないけれど、意識して話題を見つけて話しかけるようにしている。お母さんも、仕事から早く帰ってきてくれたりと、努力しているように感じられる。

お母さんの本音が聞けてよかったし、わたしも自分の気持ちを素直に吐き出すことができた。いつかは、久美子さんとわたしのことや、美由紀やさきちゃん、それから松永くんとのことなんかも、話せるようになりたい。


久美子さんの家へと続く歩道。毎日通るそのアスファルトの上を、わたしは小走りで通り抜けていく。

早く着いたところでどうなるということはないのだけれど、それでもやっぱり、わたしは逸る気持ちを抑えられなかった。帰り支度でもたつく美由紀を置いてけぼりにして、わたしは学校を飛び出したのだった。

久美子さんの家に到着。青いバラのある花壇を通り過ぎて、玄関扉の前で鞄のファスナーを開ける。鍵を取り出し、鍵穴に挿し込んだ。

鍵にくくりつけられた犬のキーホルダーが揺れた。そのキーホルダーのラブラドールレトリーバーは、わたしたちにたくさんの思い出をくれたツバサであり、今まで久美子さんが看取ってきた子たちでもあり、そしてまた、今日この家にやってきたわたしが初めて会う子でもあった。

「久美子さん！」

「ああ、早かったね」

いつもの椅子に座る久美子さんの傍らには、黄金色の犬が座っていた。こちらを見やると、目を瞬かせ、わたしを観察する。

「この子の名前、何ていうの？」

わたしは久美子さんに聞いた。盲導犬を引退し、久美子さんに引き取られることになったこの子の名前を。

「何だと思う？」

心底可笑しそうに久美子さんが聞いてくる。質問を質問で返すなんて。いいから早く教えて、そう言いたかったけれど、久美子さんがあまりにも楽しそうな表情をしていたから、わたしはその謎解きに乗ってみたくなった。

「この子は……男の子？　女の子？」

「女の子だ」

「うーん……この子の名前は、三文字、かな？」

「ああ、そうだ。よくわかったね」

久美子さんがずっと前に引き取った犬の名前が、確かアスカだったと記憶している。アスカにツバサ、で三文字。ただの当てずっぽうだったのだけれど。

「そうだなぁ……ツバサみたいに鳥？　何かの動物に関係している？　それとも

「……」

「それでいうと、植物に関係しているね」

女の子、三文字、植物に関係している。それに……久美子さんのこの楽しそうな表情。わたしは目の前のつぶらな瞳を見つめながら、聞いてみた。

「あなたの名前は、カエデ、でしょ？」

わん、と大きな声が返ってきた。うん、どうやら当たりだったらしい。久美子さんが可笑しそうに顔を崩した。

わたしはカエデを驚かせないように、その黄金色の体にそっと手をあてた。

「すごい偶然だね！　わたしと一緒の名前！　よろしくね、カエデ」

「あんたは本当に……勘がいい」

呆れたような、感心したような声で、久美子さんが言った。

了

本作品は当文庫のための書き下ろしです。

本作品はフィクションであり、実在の個人・団体などとは
一切関係がありません。

文芸社文庫NEO

死神邸日和

二〇二二年十一月十五日　初版第一刷発行

著　者　久頭一良
発行者　瓜谷綱延
発行所　株式会社　文芸社
〒一六〇-〇〇二二
東京都新宿区新宿一-一〇-一
電話　〇三-五三六九-三〇六〇（代表）
〇三-五三六九-二二九九（販売）
印刷所　株式会社暁印刷

ISBN978-4-286-26037-2

[文芸社文庫ＮＥＯ　既刊本]

青田風
笹井小夏は振り向かない
進級が危うい高2の来夢のもとに、大学生の家庭教師・笹井小夏がやってきた。不思議ちゃんな小夏に振り回されながらも、彼女の魅力に惹かれていく。第4回文芸社文庫ＮＥＯ小説大賞大賞受賞作。

風祭千
チューニング！
叔父を亡くしてから何もやる気が起きない中2のあさ。ホルン大好きタニシュン、勉強ばかりの関、かつての親友かなみんとの出会いが、運命の歯車を動かす。爽やかさ120％の青春音楽小説！

田中ヒロマサ
横浜青葉高校演劇部　コント師になる⁉
廃部寸前の演劇部部長に、お笑い賞レース出場の話が舞い込む。中学時代からの個性的な仲間たちと共に同じ目標を掲げた時、止まっていた時計が動き出す。5分の笑いにすべてをかける青春物語。

吉川結衣
放送室はタイムマシンにならない
円佳の通う高校の放送部には「タイムトラベルができる」という伝説がある。過去にこの学校で何があったのか――。高校生として第1回文芸社文庫ＮＥＯ小説大賞に輝いた若き作家の受賞第一作。